U0053125

國家圖書館出版品預行編目資料

新詩遊樂園 / 陳美芳主編; 王淑蘭等編著. － － 初版一
刷. － － 臺北市: 三民, 2011
　　面;　公分. － － (文學流域)

　ISBN 978-957-14-5423-8　　(平裝)

　1.新詩 2.寫作法

821.1　　　　　　　　　　　　　99024540

©　新詩遊樂園

主　　編	陳美芳
編 著 者	王淑蘭　李明慈　林麗雯 謝佳男　黃楷茹　林宣駿
責任編輯	蔡忠穎
美術設計	謝岱均
發 行 人	劉振強
發 行 所	三民書局股份有限公司 地址　臺北市復興北路386號 電話　(02)25006600 郵撥帳號　0009998-5
門 市 部	(復北店) 臺北市復興北路386號 (重南店) 臺北市重慶南路一段61號
出版日期	初版一刷　2011年1月
編　　號	S 811500

行政院新聞局登記證局版臺業字第○二○○號

有著作權・不准侵害

ISBN　978-957-14-5423-8　　(平裝)

http://www.sanmin.com.tw　三民網路書店

文學
流域

主編 陳美

編著 王淑
李明
林麗
謝佳
黃楷
林宜

尋找新詩的旋律與變奏

2006 年 10 月至 12 月，在國科會專題研究計畫的經費資助下，我們遴選五十位臺北市高中生參加高中新詩營「在沒有詩的年代玩詩」。雖然課程都在週末進行，但這群雅好文學的年輕人時而專心聆賞、時而在想像中遨翔，彷彿不覺假日學習的辛苦。我全程參與，也非常享受的度過了三個月。

為設計營隊課程，我們當時籌備了一年，兩週聚會一次，共同閱讀詩集與新詩教學資訊、設計課程，並編擬講義。初稿完成後，研究小組在內部還實際進行了數次試教與修正。當營隊告一段落，我們便累積了既豐富又可觀的資料。由於新詩營中的學生學習興致很高，我們認為這些資料塵封箱中非常可惜，於是又花了兩年時間，以當年新詩營的課程資料為基底，再度調整與增補內容，歷經數次外部諮詢與不計其數的組內討論與修改，終於成就了《新詩遊樂園》。

兩個遊樂區

本書兼顧新詩創作的規律和變異。全書六章中，四章為基礎篇，屬於各類新詩創作與賞析的基本功，論述新詩的遣字用詞與謀篇、新詩的聲韻、新詩的意象、新詩的賞析；兩章為延伸篇，包含新詩的變形、新詩的無限可能。各章概要如下：

基礎遊樂區

◆ 水珠與水珠拍手──新詩的鍛字、鍊句、謀篇

討論如何運用「字」在新詩中產生作用，如何由不同性質的「詞」檢視新詩，如何經由「句」的分行與長短營造新詩的氛圍，以及「命題」如何決定詩的內容。

◆ 風與風眼之乍醒──新詩的聲韻

以唐格律詩出現之前的古詩為例,分析詩的自然韻律,討論新詩如何找到或發現自己的聲情,最後分析內在韻律與外在節奏如何在新詩中結合與表現。

◆ 非雨又非花──新詩的意象

以實例呈現意象在詩中的多元面貌,分析意象在詩中的作用及產生的情感空間,並討論意象的取材與營造途徑。

◆ 我思想,故我是蝴蝶──新詩的鑑賞

探究詩和讀者的關係:詩向讀者說了什麼、怎麼說?並分析詩如何利用修辭與加工呼喚出美的感動,文末並闡述後現代詩的異想世界。

延伸遊樂區

◆ 山是凝固的波浪──新詩的變形

介紹新詩在分行表現之外其他可能的創作形式,焦點包括具圖像趣味的「圖像詩」及以情節鋪陳為主的「散文詩」,這些變形創作使新詩別具趣味。

◆ 光之無盡的灑落──新詩的無限可能

以詩與流行音樂和廣告文案的互涉,呈現詩與其他領域的跨界交流,介紹在生活中尋找詩、親近詩與玩詩的可能路徑。並論析詩如何結合影像與圖片等不同媒材,變身在多樣藝術之中。

在遊樂園玩耍:讀與寫的聯繫

詩的意象和語言特性,使它成為極具魅力的文學形式;無論閱讀或創作,不但沒有長篇文字造成的壓力,反而擁有更大的想像空間。近年語文學習強調閱讀與寫作的結合,書寫是創造,閱讀是創造,讀而後寫也是創造。我們在本書中努力經營與讀者互動的空間,每篇文中與文末都穿插了一些思考或書寫活動,希望讀者閱讀本書時,也能參與多層次的創作。讀完這本書,或許讀者也創造了自己的「新詩集」。

思考或寫作活動有三種形式:

一、跟隨文本的理解或應用活動，希望讀者更深入思考，以掌握或了解如
　　何運用文中的重要概念。

二、思考或創作活動，讀者可隨文參與創造；有些活動並附「思考便利貼」，
　　引發讀者思考與想像。

三、每章文末的練習題，讀者可藉以檢核對全章內涵的掌握程度。

　　讀者也可與三五好友共同閱讀本書，在思考或書寫後彼此討論分享，學習
或將更豐富有趣；就像在遊樂園裡一起想像與冒險、恣意的與文字玩樂。大家
在深度參與中，或許也能如詩人般感受到：讀詩與寫詩，是生命的出口；也是
生命的入口。

　　這本書能順利完成，要特別感謝王淑蘭、李明慈、林麗雯三位老師撰寫每
章內容，謝佳男和黃楷茹老師費心搭配每章內容設計思考與寫作活動，沈容伊
老師長期參與討論，歷年的研究助理王蕾雁、傅家珍、林宜駿、林逸柔、張春
惠協助資料蒐集與行政聯繫。感謝所有詩人、同學和簡偉娟老師同意我們引用
作品。感謝三民書局編輯部協助取得引用詩的授權與編輯事宜，幾位試讀同學
提供回饋意見。我們一再修改，過程雖然辛苦，但長期合作能留下這樣珍貴的
紀念，大家都非常欣喜。

陳　美　芳

新詩遊樂園

目次

水珠與水珠拍手
——新詩的鍛字、鍊句、謀篇

林麗雯

內文提要

在本章我們將思考：

◆ 一個字可以在新詩中產生什麼作用？

◆ 如何在動詞、形容詞、名詞上檢視一首新詩？

◆ 散文分行就是新詩嗎？

◆ 短詩和長詩有什麼差別？

◆ 命題對新詩的內容有什麼影響？

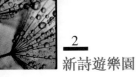

一、鍛字

　　字，是文學作品的基礎元素，如珠玉之於串鍊。柯立基 (S. T. Coleridge, 1772～1834) 曾說：「詩是將最美的字放在最適當的位置。」這句話提醒我們：最美的字、最適當的位置，缺一不可。字的力量不容小覷，一字之差，有時就是腐朽和神奇的分界，所以，不可不鍛字鑄詞，因為一字足以出詩意，遣詞可以見詩情。例如：

擬題		原詩題
風吹松	⟶	風入松（蕭蕭〈風入松〉）

前者「吹」字，不如後者「入」字。「風入松」原來是曲牌名，詩人援用作為新詩詩題，很有巧思。一個「入」字，將讀者從風吹樹的物理表相引領進入詩人的想像祕境之中，動態感更為特殊鮮明。又以桑恆昌〈觀海有感〉為例：

擬作		原詩
網破了		網老了
魚還在游	⟶	魚還年輕
船正新		船年輕
海仍依舊		海卻老了

擬作中使用「網破」、「魚游」、「船新」、「海舊」四種意象，雖能呈現短暫和永恆的對比哲理，但不如作者以「老了」、「年輕」作進一層的擬人轉化，讓這首短詩的理趣鮮活起來，產生多層次的閱讀趣味。一詞之改，詩味鍊出。

桑恆昌 (1941～　)

山東武城人。1964 年入武漢空軍雷達學院，1972 年退役。現為中國作家協會會員，山東省作家協會副祕書長，《黃河詩報》主編。著有《光，是五顏六色的》、《低垂的太陽》、《桑恆昌抒情詩選》、《桑恆昌懷親詩集》、《愛之痛》等多種，詩作中一百三十餘首已被譯成英、法、德、韓、越等多種文字。

（一）一字出詩意

對於「鍛字」，至少要有三項自我要求——精準、精緻和精采：

1.精準

「貼切的字和差不多貼切的字的差別，就如同閃電和螢火蟲之間的差別一樣。」（馬克‧吐溫，Mark Twain, 1835～1910）這句話點出，一個創作者既要對文字有絕對的靈敏度，也要對自我有高度的要求。若以「差不多」的態度執筆，不但無法精準分辨文字的些微差異，甚至可能將萬鈞雷霆與星星螢火混作一談，又如何能夠貼切地駕馭文字？所以，講究精準是寫詩的重要態度。例如：

貼切例	不貼切例
◆ 給夢一把梯子。（白靈）	◆ 給夢一撮白髮。
◆ 給行道樹一排椅子。	◆ 給行道樹一本筆記。
◆ 給罰單一張提款卡。	◆ 給罰單一紙證明書。
◆ 給勇氣一臺增高機。	◆ 給勇氣一副撲克牌。
◆ 給太陽一瓶冰可樂。	◆ 給太陽一頂小紅帽。

在詩中，每一個字詞的使用都要求精確。如第一例，「給夢一撮白髮」，也許提供特殊想像的空間，但若沒有上下詩句作合理地暗示聯結，則顯得太過跳脫，晦澀難解。夢是高遠的，「架一把梯子」可將「追求夢想」的意涵具象表出，是

較為貼切的；而「白髮」是衰老的象徵，與逐夢的奮進之意相左，所以有失貼切。其他各例也是如此。詩固然注重含藏，不宜直白，但也不可過度隨興跳躍，切斷了讀者貼切聯結的依附點。

2.精緻

　　德國諾貝爾文學獎得主海賽 (Paul Heyse, 1830～1914) 說：「詩人的職責，不是把重要的化為簡單，而是把簡單的化為重要。」所謂重要，是指不可或缺，是指要言不煩，是指不能忽視，這種化簡為要的過程，也就是「精緻」的過程。詩人以繆斯的手，將「重要」寄託在精緻的文字之中，以完成「美」的要求。

　　以下列詩句為例：

擬作

◆ 並颳起涼風習習的，習習習習的：／這就是一種過癮。
◆ 並颳起涼風陣陣的，陣陣陣陣的：／這就是一種過癮。
◆ 並颳起涼風颼颼的，颼颼颼颼的：／這就是一種過癮。
◆ 並颳起涼風飄飄的，飄飄飄飄的：／這就是一種過癮。
◆ 並颳起涼風呼呼的，呼呼呼呼的：／這就是一種過癮。

原詩

◆ 並颳起涼風颯颯的，颯颯颯颯的：／這就是一種過癮。

（紀弦〈狼之獨步〉）

原詩之中，紀弦選用「颯」字來形容風。在聲音上，「ㄙㄚˋ」是開口音，將荒野遼闊的氣象表現無遺；而濃重的四聲，將風之狂、之驟、之急蘊托其中。較之前五句擬句中的「習習」、「陣陣」、「颼颼」、「飄飄」、「呼呼」等用字，除了多出聲音效果之外，尚富有具象的聯想，更符合「曠野裡獨來獨往的一匹狼」的狂飆形象。

紀弦(1913～　　)

本名路逾，另有筆名路易士、青空律。陝西盩厔（今陝西西安周至）
人。1948 年來臺，應聘為成功高中國文老師。1953 年創辦《現代詩》
季刊，1956 年成立現代派。強力主張新詩只有「橫的移植」，而沒有
「縱的繼承」；強調知性，反對感性。著有《行過之生命》、《在飛揚的
年代》、《摘星的少年》、《檳榔樹》（甲乙丙丁戊五集）等詩集。另有散
文、評論集二十餘種。

3.精采

　　所謂「精采」指出色美妙，少人可比。要達到精采，可掌握三項要點：多
元素、多層次、多角度。在詩的表現上，其語言的機能要和變色龍一樣，隨機
變化。若一首詩有多元的取象，或一個「象」有多角度的隱喻，又或這些意象
能作互相關聯的、有機的多層次串連，那麼這首詩的豐富感會越強，玩味性會
越足，精采度相對的就會越高。

　　以蕭蕭〈風入松〉為例：

擬作	原詩
風來一陣	風來四兩多
楓葉隨風搖擺、歌唱	楓葉隨風款擺、吟誦
風去一會兒 ⟶	風去三四秒
又一會兒	五六秒
松，還在左右	松，還在詩韻中
晃動	動

原詩中詩人將籠統的時間概念——「一陣」、「一會兒」、「又一會兒」，改以計量
詞——「四兩多」、「三四秒」、「五六秒」來表現，讓讀者彷彿親臨了這場風樹
之會，並感受到其間分分秒秒的流動變化。所以，松不再只是左右晃動而已，

而是詩人所感知的「在詩韻中／動」。這「動」豈只是風吹松而已？豈只是物理現象而已？乃是風「入」松的結果，乃是詩人款款情韻的反照。其中，「四兩多」是計重單位，「三四秒」、「五六秒」是計時單位，作者替換使用，使讀者的閱讀知感也隨之產生多元轉變。這是一首短詩，但由題目到詩文，均見精采。

蕭蕭 (1947～　　)

本名蕭水順，臺灣彰化人。國立臺灣師範大學國文研究所碩士。曾任中學教職三十二年，現任明道大學中文系副教授。曾獲《創世紀》創刊二十週年詩評論獎、青年文學獎等。著有《悲涼》、《毫末天地》等詩集；《鏡中鏡》、《燈下燈》、《青少年詩話》、《現代詩縱橫觀》等評論集；編有《現代詩導讀》、《現代詩入門》、《中華現代文學大系評論卷》。

（二）遣詞見詩情

詩人于堅說：「『詩』是動詞——語言自身的運動，詩人操作與控制的過程。不是等待靈感，而是控制語言。」❶語言的效果有兩個基本的因素：選擇與組織。能適切地挑選詞彙，安排詞彙，使語言產生詩的律動，並使之近於完美，這就是控制語言的能力。跳開複雜的修辭理論，創作一首詩時，可先單純地就動詞、形容詞、名詞三種詞性的選用作自我檢視，任何一種詞性都可以成為詩中的主角；下筆之前，不妨預先確定方向。同時也應充分瞭解各種詞性的特質，靈活地穿插運用以傳達意象，那麼讀詩或寫詩就不再是樁困難的事了。

1.動詞的選用（動態敘寫）

中國的古典詩中，常預伏了「詩眼」，也就是整首詩的主題靈魂所在，或者「愁」、或者「憶」、或者「別」……。古典詩的詩眼常表現在動詞之上，以貫串全詩的動態意象；新詩的創作也可依此標準來牽引出詩的軸線，使讀者在閱讀時能依循作者鋪排的動線，進入作者書寫的情感之中。

---

❶沈奇主編：《詩是什麼——20世紀中國詩人如是說》（臺北：爾雅，1996），頁92。

以非馬〈編鐘〉為例：

他們把
竹林裡的風聲
小橋下的流水
溫存親切的笑語
孩童的嬉戲
陽光裡月光下的牛鳴犬吠
鳥叫雞啼與蟲吟
還有天邊悠悠傳來的

一兩聲山磬

統統封入
這時代密藏器
然後深埋地底
讓千百年後的耳朵
有機會聽聽

一個寧謐安詳的世界

這首詩取古老的編鐘為象，用以隱喻種種舊有的美好。首段將諸多美好的聲音羅列成串，一如編鐘的造型，這是作者在形式上特意的巧思。

　　但詩人真正想要訴說的，不只是「那些舊有的美好」而已，更有藉以凸顯「過去那寧謐安詳的世界已不復存在」的感慨。這樣的詩旨，透過兩個動詞——「封入」、「聽聽」——明白地表現出來，「封入」指「保存」，「聽聽」指「認識」，保存舊有的美好，提供來者認識瞭解，一種傳承的大格局也在這兩個動詞裡被定格。

　　本詩動詞使用雖少，卻是領路的關鍵。

非馬 (1936～　　)

本名馬為義，廣東潮陽人。美國威斯康辛大學核工博士。現已退休，專心從事文學與藝術創作，並撰寫專欄。除了詩歌創作外，還擁有繪畫以及雕塑等多方面才藝。曾獲頒吳濁流文學獎、笠詩獎翻譯及詩創作獎等。著有《在風城》、《非馬詩選》、《白馬集》、《秋窗》等詩集。

再以蘇紹連〈小海洋・淚液〉為例：

海洋，因為	痛苦
縮小	成湖
湖，因為	思念
縮小	成一滴水
從藍天	滴落下來。
我默默的	返鄉

詩中的兩個「縮小」是不可忽視的存在，它們點出了思念所造成的痛苦，使原本開闊的心變為緊縮糾結。這兩個相同的動詞，彷彿主導了這首小詩的旨趣。讀這一首詩，如果能掌握住「縮小」二字，則趣味盡在其中了。

蘇紹連 (1949～　　)

臺灣臺中人。臺中師範專科學校（今臺中教育大學）畢業後，任教於國小，現已退休並專事寫作。曾創辦後浪詩社，現為《臺灣詩學季刊》成員之一。民國五十八年開始發表散文詩，創作生涯中，不斷在形式上求新求變。曾獲時報文學獎、聯合報文學獎等。著有《隱形或者變形》、《驚心散文詩》、《茫茫集》、《童話遊行》等詩集。

2.形容詞的選用（情狀形容）

　　形容詞的使用，一如繪畫時的調色作用，可以使畫面的色彩，紅不只是赤紅，黑不只是墨黑，白不只是滯白；它可以將平面的立體化，讓事物更有深度。失去形容詞的語句，雖仍符合文法，但文句相對缺少迴環，缺乏波瀾，不耐咀嚼；相反地，如果詩句中善於遣用形容詞，詩的面貌可以更有層次，更為豐富，且更能充分地傳遞情意。

　　以朵思〈士林夜市〉為例：

那裡，兩岸掛滿長袖短袖的季節
一些領夾以鱷魚之姿
夾住要飛走的歲月

一杯杯酸梅湯、椰子汁、檸檬水霸佔走道
流盪著國際電話線上軟軟碰觸記憶的
淡水河、濁水溪、愛河水

鹽酥雞是沒有屬性的
蜜餞有宜蘭的風光
廉價的痞子的愛情竟也在各種髮夾和小吃攤
之外，大膽陳列

給女兒買一把梳理鄉愁的梳子
給兒子買一隻可以讓時間歇息的椅墊
給自己買一種可以攀住眼眶流連哀怨的茶壺
那種墨色沉澱的感覺
可以讓自己感受到夜色如何與時間擦身

這首詩最搶眼的是形容詞的運用。對於「與時間擦身」的複雜心情，都寄託在夜市的景象和種種物件之前的形容詞上了。在「兩岸掛滿長袖短袖的」季節變換時期，「國際電話線上軟軟碰觸記憶的」鄉愁便被撩撥而起；故鄉的記憶集聚在夜市裡，有屬性的（「宜蘭的風光」）或「沒有屬性的」販賣物件都存有過去的記憶，連年少時「廉價的痞子的」愛情也曾在這裡進行；如今歲月已逝，希望再購得的是可以「梳理鄉愁的」、是「可以讓時間歇息的」、是「可以攀住眼眶流連哀怨的」物件……。而這種對於時間流逝的感覺，是「墨色沉澱的」感覺；攤子上「領夾以鱷魚之姿／夾住要飛走的歲月」，正是作者的心情寫照。詩

中所有的形容詞都是作者的心情付託，若是能掌握這首詩的形容詞，也就相對掌握住詩旨了。

朵思 (1939～　　)

本名周翠卿，臺灣嘉義人。嘉義女中畢業。1955 年於《野風》雜誌發表第一篇詩作〈路燈〉。曾為創世紀詩社成員，並於《創世紀》、《現代詩》、《藍星》等詩刊發表詩作。曾獲新文藝詩獎。著有《側影》、《窗的感覺》、《心痕索驥》、《飛翔咖啡屋》等詩集。

再以非馬〈夜笛〉為例：

用竹林裡
越括越緊的風聲
導引
一雙不眠的眼
向黑夜的巷尾
按摩過去

詩中「越括越緊的」、「不眠的」、「黑夜的」三個形容詞，不但交代出「盲人吹笛，攬客按摩」的場景，也隱隱透顯出幾許悲涼的抒情。這首短詩的情意，可說是由這三個形容詞清晰明白地傳達出來。

3.名詞的選用（萬象取譬）

詩是意象的呈現。詩人心中的情意，依附在具體的物象上來表出，才能使讀者更容易體會聯想。世間有「萬象」，所以詩人捕捉的「象」可以有萬千姿態，這就是詩的迷人之處。因此，若要創作詩，對「萬象」的體察須得細膩精透，寫詩時，才能運乎掌上，用之不盡。

「象」在文法結構中屬名詞，本節所謂「名詞的選用」即指對萬象的取譬，運用譬喻法，將此喻彼，是新詩創作不可或缺的技巧。

以紀弦〈火葬〉為例：

> 如一張寫滿的信箋
> 躺在一隻牛皮紙的信封裡
> 人們把他釘入一具薄皮棺材
>
> 復如一封信的投入郵筒
> 人們把他塞進火葬場的爐門
> ——總之，像一封信
> 貼了郵票，蓋了郵戳
> 寄到很遠很遠的國度去了

整首詩是一個大比喻，將人的生死包裹在「投遞信件」的意象之中。每一個名詞都是一個小取象：「信箋」比喻人生；「信封」比喻棺材；「郵筒」比喻火葬場；「郵票」、「郵戳」比喻火化步驟。本詩立象清楚，取譬新穎，若得其象便知其意。生死大事竟與寄信小事無別，讀來令人唏噓！

以林燿德〈交通問題〉為例：

> 平路／單行道
> 先行／紅燈
> 權東路／內環車民
> ／讓斯／綠燈
> 繞道行駛／五段
> 南路／施工中請
> 叭／黃燈
> 山北路／建國
> 左轉／禁按喇叭
> 夜九時以前／晨六時以後禁止
> 路／綠燈／禁止中
> ／黃燈／民族西
> ／限速四十公里
> 紅燈／愛國東路

全詩布滿交通號誌的示意：「紅燈」、「綠燈」的取象，用以暗示「通行」與「禁止通行」的規範；而路名標誌，特意取用「愛國」、「民族」、「中山」、「建國」、「羅斯福」、「民權」、「北平」等字眼，作為臺灣戒嚴時期特殊政治背景的隱喻；又以「限速四十公里」、「禁止左轉」、「禁按喇叭」等禁制標誌來暗喻戒嚴時代

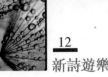

的緊張；最後，以「單行道」的標誌總收全局，代表了單一的、絕對的威權，喻示「沒有第二種可能」的霸道。詩人借彼喻此，意在言外，以物件來代言，借喻依來說話，因此，原本靜態的交通標誌，卻活生生地反映了一個特殊時代的真實面貌。

林燿德 (1962～1996)

本名林燿德，福建同安人。輔仁大學法律系畢業，曾任雜誌社編輯、中國青年寫作協會祕書長、專欄作家。曾獲國家文藝獎、《聯合報》文學獎等三十餘座獎項。著有《銀碗盛雪》、《都市終端機》等詩集；《一座城市的身世》、《迷宮零件》等散文集；《一九四七‧高砂百合》、《時間龍》等小說集。

二、鍊句

詩與散文有別：散文以標點清楚區隔文句，詩則多了空格、分行、留白的表現手法；散文的句式結構完整，詩則每每顛覆句法，創造新奇；散文的句意邏輯性強，詩則以意象帶領聯想；散文不作音韻的考慮，詩則可創造動人的聲情。法國詩人梵樂希 (Paul Valéry, 1871～1945) 說：「詩是跳舞，散文是走路。」然而，跳舞並不是顛狂的行路，每一首舞碼都有它內具的創作法門和嚴謹要求，詩也是如此。因此，新詩固然不講格律，但也自有鍊句的方法和要求；又因詩沒有格律可資依循，恰為創作之中最困難也最值得挑戰的地方。

（一）詩不是分行的散文

新詩因不拘格式，所以遭受「分行散文」的譏諷；然而它發展至今，愈臻成熟，自成一體，愈禁得起檢驗。新詩是詩而非散文，關鍵在於它的意象本質，而不是外在形式的分行與否。即使它以不分行的形式表現，它仍是詩，而不是散文。以周夢蝶〈冬之暝──書莫內風景卡後謝答趙橋〉為例：

雪有溫度的

屋子也有
樹、草與路
也有

你說。這屋子
是高高低低的
　寬寬的肩膀
　厚厚的胸膛
砌的

這屋後的樹叢
這叢樹的枝椏
孿生兄弟的手臂似的
伸展著

低過來
向這邊

裊裊有晚炊生起的這邊

為近近遠遠的天涯而綠
草心
細而委曲
如髮

隱隱約約有些情怯起來
——近了
路的腳步輕輕
目極處
本來無限低平的天
更其無限低平的了

詩所跨躍而出的每一步都是舞蹈，和走路的散文不同。詩以意象取代解說，引人聯想；詩以氛圍取代清晰，扣人心絃。這首詩就是最好的例子。即使為它安上標點，不作分行，如：

雪有溫度的，屋子也有，樹、草與路也有，你說。這屋子是高高低低的、寬寬的肩膀、厚厚的胸膛砌的。

這屋後的樹叢，這叢樹的枝椏，孿生兄弟的手臂似的，伸展著，低過來，向這邊，裊裊有晚炊生起的這邊。

為近近遠遠的天涯而綠，草心細而委曲，如髮。隱隱約約有些情怯起來——近了，路的腳步輕輕。目極處，本來無限低平的天，更其無限低平的了。

它仍然是詩，因為它具備了詩的特性，而不是散文。

雪、屋、草、樹與路都有溫度；屋子是肩膀、是胸膛，枝椏是手臂；草有心，細而委曲──種種物象都是作者情意的投射，隱隱訴說著：在冬日冷肅的暝色中，有一顆溫熱的、厚實的、細膩的心在思念著友人，而這心思縱使只是輕輕地投遞，卻難免情怯……一切景語均是情語，遮攔不住詩的本色。

正因是詩，所以，它又比散文多了分行的期待。若依順作者的分行布局誦讀這首詩，在分行處稍作停頓，詩中的節奏便立即展現出來，那種幽幽的動人的情致，透過分行處理，更顯其美。

周夢蝶 (1920～　　)
河南淅川人。開封師範肄業。後加入青年軍行列，並於1949年隨軍來臺。1952年開始寫詩，其作品主要刊在《中央日報》、《青年戰士報‧副刊》。退伍後加入藍星詩社，其第一本詩集《孤獨國》即由該詩社發行。著有《還魂草》、《約會》、《十三朵白菊花》等詩集。

（二）散文不能偽裝成詩

承上一小節，散文和新詩確有不同：散文以表意完足，邏輯清晰為主要，與詩的要求大為不同。大抵而言，凡說解通透，不要求意象與含藏的，多是散文而不是詩，即使將之分行呈現，也不能改變其散文的本質，而偽裝成一首詩。如下例：

> 只要有期待
> 愛就會回來
> 多少的空白
> 我願意忍耐
>
> 花開
> 花落

> 百無聊賴
> 過去的一切不是冷菜
> 只因在等待裡放愛

全篇行語通白，缺少詩的意象；氛圍布局也顯俗套，無法令人耳目一新；雖然故作分行處理，但只是將主詞及連接詞隱去而已，詩的條件明顯不足，缺乏意象，無可玩味，實不能引起閱讀興趣，所以不能說它是詩。

　　換個形式看看：

> 只要（我）有期待，愛就會回來。（不管有）多少的空白，我（都）願意忍耐。（無論）花開，（或是）花落，（縱使生活）百無聊賴，（我們）過去的一切不是冷菜，只因（我）在等待裡放愛。

取消分行，補足文意之後，仍然可以發現：縱使改以散文的形式來呈現，本篇內容立意浮淺，無病呻吟；修辭生澀，並略帶矯作，因此，嚴格來說，它甚至不是好的散文。

　　因此，在進行創作時，後設的檢驗、自我的修改是不可少的工夫，千萬不可落入分行的迷思之中。

（三）詩比散文多了分行、留白的期待

　　詩與散文不但有不同的內在質性，形式上也有不同的表現方式，詩比散文多了分行（或空格、留白）的期待，因為分行（或空格、留白）的處理，一可營造畫面，二可提供思索徘徊的空間，三可創造聲情的美感，故能形塑詩較散文更形複雜豐富的藝術面貌。雖然新詩不設格律，但是不設限制的分行形式，反而成為表現技巧的重要環節。

　　以余光中〈望海〉為例，其不分行表現的形式為：

比岸邊的黑石更遠，更遠的是石外的晚潮；比翻白的晚潮更遠，更遠
的是堤上的燈塔；比孤立的燈塔更遠，更遠的是堤外的貨船；比出港
的貨船更遠，更遠的是船上的汽笛；比沉沉的汽笛更遠，更遠的是海
上的長風；比浩浩的長風更遠，更遠的是天邊的陰雲；比黯黯的陰雲
更遠，更遠的是樓上的眼睛。

本篇以相同的句型類疊完成，畫龍點睛之處在末尾兩句：「比黯黯的陰雲更遠，
更遠的是樓上的眼睛。」原來，岸上的望眼，才是可以無限延伸的遙遠。遠已
非遠，近已非近，遠近不在距離，而是心境，心若有企盼，眼便可以望穿一切。
　　若是不分行，我們只能得到上一層的理趣。然而，詩人將之分行成詩，卻
創造出更巨大的藝術力量：

比岸邊的黑石更遠，更遠的
是石外的晚潮
比翻白的晚潮更遠，更遠的
是堤上的燈塔
比孤立的燈塔更遠，更遠的
是堤外的貨船
比出港的貨船更遠，更遠的
是船上的汽笛
比沉沉的汽笛更遠，更遠的
是海上的長風
比浩浩的長風更遠，更遠的
是天邊的陰雲
比黯黯的陰雲更遠，更遠的
是樓上的眼睛

詩人選在每個「更遠的」之處換行，製造一種猜測的趣味，引誘人換行閱讀尋

求解答，彷彿放出一條視覺長線，帶領讀者往更遠更遠處望出去，石、潮、塔、船、汽笛、風、雲，目光所及，由近至遠，並比成列，一波一波，向遠推擴⋯⋯，最後，竟復歸於樓上的眼，十分出人意表！這種效果，即來自分行處理，高明的詩人，以簡馭繁，創造驚奇，令人嘆服。

余光中 (1928～)

福建永春人。國立臺灣大學外文系畢業。曾任教於國立臺灣師範大學、國立政治大學、國立中山大學等，現已退休並專事寫作。1954 年與覃子豪等人創立藍星詩社，並主編過《現代文學》和《文星》雜誌。曾獲吳三連文學獎、國家文藝獎。著有《舟子的悲歌》、《白玉苦瓜》、《天狼星》等五十多種詩集。

（四）長短句及標點可譜出不同的詩韻

標點或長短句的處理，在新詩中至少具有以下四項功能：解讀意義的功能、製造節奏的功能、圖象暗示的功能和情意投射的功能。這是新詩獨具的特殊作用，創作者可活用以製造新奇的效果。（至於標點符號的功能與使用，請參本書第五章。）

以隱地〈瘦金體〉為例：

> 肥胖的婦人
> 在婚姻末期邂逅並且突然愛上一個瘦金體的男人
> 骨肉相連的風景
> 想是一首宋詩

本詩開首使用短句交待肥胖的婦人，次句使用長句交待瘦長的男人，形式一短一長，落差很大，這必然是詩人刻意的安排。而以「瘦金體」比喻瘦細峭硬、筋骨畢現的男人，這個瘦男人和胖婦人的邂逅，自然是一幅「骨肉相連的風景」。不搭軋的兩人卻組合在一起，透露出一種禪機，正是「宋詩」才有的特點。

隱地 (1937～　　)

本名柯青華，浙江永嘉人。曾任《純文學》月刊助理編輯、《書評書目》總編輯。1975 年創辦爾雅出版社，迄今已出版書籍六百多種，並持續三十一年出版「年度小說選」。五十六歲時開始寫詩，曾獲年度詩獎、文復會主編獎。著有《法式裸睡》、《生命曠野》等詩集；《現代人生》、《歐遊隨筆》、《愛喝咖啡的人》等散文集。

以鄭愁予〈錯誤〉為例：

我打江南走過
那等在季節裡的容顏如蓮花的開落

東風不來，三月的柳絮不飛
你底心如小小的寂寞的城
恰若青石的街道向晚
跫音不響，三月的春帷不揭
你底心是小小的窗扉緊掩

我達達的馬蹄是美麗的錯誤
我不是歸人，是個過客……

首段降低兩格，表示它是「詩序」。第一句「我打江南走過」使用短句，暗示過客行路匆匆；第二句「那等在季節裡的容顏如蓮花的開落」使用長句，則暗示思婦度日漫漫。形式兼及意義，層次多元飽滿。

末句的刪節號，是詩中唯一出現的標點符號，非常醒目。它除了有舒緩節奏、延伸情境的作用，還有視覺暗示的功能，想一想，它是不是也形似達達馬蹄漸行漸遠的足跡？

鄭愁予 (1933～　　)

本名鄭文韜，河北寧河人。臺灣省立法商學院（今國立臺北大學）會計系畢業，1968 年應邀赴美國愛荷華大學國際寫作班研究，獲頒碩士學位。曾任教耶魯大學東亞語文學系、國立東華大學。現任國立金門大學閩南文化研究所講座教授。以《寂寞的人坐著看花》獲國家文藝獎。著有《夢土上》、《衣缽》、《窗外的女奴》、《燕人行》、《雪的可能》等詩集。

（五）虛實混搭出詩的質感

　　虛指意，實指象，將抽象的意具象化，讓具體的象寄託抽象的意。虛實混搭可以製造詩中的轉折，一首好詩絕非純象或純意就能完足，出入虛實交替的詩境之中，讀者既能得到思考啟發，又能獲得美的不同觸動。

　　以顏艾琳〈愛情飲料〉為例：

　　想愛情是一杯
　　100% 的純果汁

　　如果
　　他摻了一滴水
　　我寧願學習
　　喝黑咖啡的方法
　　不過濾一點溫柔的寬恕

果汁、咖啡是實的象，愛情是虛的意；水是實的象，寬恕是虛的意。100% 的純果汁與黑咖啡用以強調無論是甜是苦，愛情都要純粹；水代表摻雜，愛情之中無法寬恕一丁點摻雜。詩人以虛實交替之筆，依象表意，很精采。末尾「不過濾（實）一點溫柔的寬恕（虛）」，將虛實混搭於一筆之內，很傳神。

顏艾琳 (1968～　)

臺灣臺南人。輔仁大學歷史系畢業。國中時代即開始發表新詩、散文。現為聯經出版公司文學主編。2002 年起，與林煥彰共同擔任韓國文學季刊《詩評》臺灣區顧問。曾獲全國優秀詩人獎、文建會新詩創作獎、創世紀詩刊獎、吳濁流文學獎新詩正獎等。著有《抽象的地圖》、《骨皮肉》等詩集。

（六）顛覆句法可將散文詩化

　　散文的句法是因果性、邏輯性的，以「線」的方式表達；新詩的句法則是跳躍性的，以「點」的方式表達。「詩是一隻小鳥，時時可能從分析的網中逃出。」顛覆句法是新詩逃出網羅的慣用方法，這個方法可破壞散文的特性，製造詩的新奇，並且使詩意更顯濃稠。

　　以葉維廉〈沛然運行〉（節錄）為例：

> **以散文形式表現**
>
> 筆洗過一里長二里長的泥紅，教我如何把它顯現得完全？向那不知是沙還是石的層巖的無垠的赭色，由透明的淺到褐紫的深，突然的切斷，而（後）淡入空無。（是）因風？因水？因巨大無比的毛筆？（是因）誰（而造成）的？道（在其中）無形流動，如此灑脫，隱隱刻劃著硤谷；每一分鐘皺著、潑著、破著，要一隻無形的眼才能看見如此的細、慢。

以新詩形式表現

教我如何把它顯現得完全？ ——┐
　　　　　　　　　　　　　　├ 倒裝
一里長二里長筆洗過的泥紅 ——┘

由透明的淺到褐紫的深，向 ——┐
　　　　　　　　　　　　　　　　├ 倒裝
那無垠的赭色不知是沙還是石的層巖 ——┘

突然的切斷而淡入空無

因風？因水？ ——┐
　　　　　　　　│
因巨大無比的毛筆？誰的？ │
　　　　　　　　　　　　　├ 切段邏輯語
如此灑脫，道 │
　　　　　　　　│
無形流動，隱隱刻劃著峽谷 ——┘

每一分鐘皺著 ——┐
　　　潑著 │
　　　破著 │
　　　　　　├ 分行
如此的細、慢，要一隻 │
無形的眼 │
才能看見 ——┘

詩人大幅顛覆散文的邏輯，重新倒置並組合句子，以凸顯國畫之筆的沛然運行。只是稍將句子加以改易或騰挪，便可化散為濃，呈現精緻。

葉維廉 (1937～　)

廣東中山人。普林斯頓大學比較文學博士。曾任教於加州大學分校，現任教於聖地牙哥 加州大學。曾獲《創世紀》十週年最佳詩作獎、中興文藝獎等。著有《賦格》、《愁渡》、《醒之邊緣》、《花開的聲音》等詩集；《憂鬱的鐵路》、《歐羅巴的蘆笛》、《紅葉的追尋》等散文集。

思考活動

形容詞狂想曲

　　巧妙的形容詞運用，可以堆疊出詩的情感，並傳達詩旨，不同的形容詞自然也表現出不同的感受。請你填入新的形容詞，重新形塑朵思的〈士林夜市〉：（請自由發揮）

　　　　那裡，兩岸（　　　　　　）的季節
　　　　一些領夾以（　　　　　　）之姿
　　　　夾住（　　　　　）的歲月

　　　　一杯杯酸梅湯、椰子汁、檸檬水霸佔走道
　　　　流盪著（　　　　　　）的
　　　　淡水河、濁水溪、愛河水

　　　　鹽酥雞是（　　　　　　）的
　　　　蜜餞有（　　　　　　）的風光
　　　　（　　　　　　）的愛情竟也在各種髮夾和小吃攤
　　　　之外，大膽陳列

　　　　給女兒買一把（　　　　　　）的梳子
　　　　給兒子買一隻（　　　　　　）的椅墊
　　　　給自己買一種（　　　　　　）的茶壺
　　　　那種墨色沉澱的感覺
　　　　可以讓自己感受到夜色如何與時間擦身

思考便利貼

你可以思考：

1. 想要表現的詩旨或情感為何？

2. 從這個詩旨所引發的聯想為何？可從各種感官（視、聽、嗅、味、觸）的角度來著手，並試著用下面心智繪圖的聯想方式進行聯想！

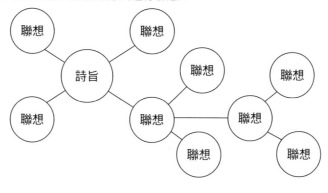

思考活動
顛覆句法、化散為詩

　　以顛覆句法破壞散文的特性，可將散文詩化。請嘗試使用**顛覆句法**的方式，將下段散文化成一首新詩。

> 生活是流動的，像夾帶不同色彩的水流，忙於在有限的時間中穿梭。景色也好、心情也好，彷彿所有事物都站不住腳。然而，就在這樣的洪流裡，只消停下腳步，就能迅速被抽離。譬如從節奏中拔出一個音符。（節錄自北一女中李頌雅〈靜〉）

【我的創作】

思考便利貼

你可以：

1. 先試著分析本散文原本線性的因果關係。

2. 然後將因果關係重新倒置組合。

三、謀篇

（一）訂定主題

　　艾青說：「詩——永遠是生活的牧歌。」每一首詩的創作都來自生活的感動，生活之中可感者甚夥，可以是人性的映影、時間的約會、城市的邊緣、山水的驚豔、靜物的玄思、生命的觀照、情意的綻放❷……任何一個面向都可以成為創作的主題，寫作者不妨先自定下筆方向，再依主題作材料蒐集，然後逐步完成作品，才不容易凌亂失焦。

（二）決定長短

　　詩的長短和作者所想書寫的題材有關。如果想寫的是敘事詩，因事件有其產生的背景，有發展的過程以及情節的起伏，適合以長詩表現。若是靈光一閃的觸發，具備爆炸性的想法，則不一定求長，有時短詩更適合表現。

　　詩人非馬說：「如果我的小詩已很好地表達我所想要表達的，我幹嘛要把它摻水拉長？如果我連小詩都寫不好，誰還想要讀我的長詩？」所以，作品只有好壞高低之別，而不以長短來論較。

1.短詩要有撞擊力、精準性

　　「一沙一世界，一花一天堂。」正可以用來形容短詩的意境。在藝術要求上，短詩更重暗示，重彈性，影像彷彿跳躍而出。所以，短詩既以短勝，關鍵在於是否具備令人眼睛為之一亮的驚爆點。能夠化凡為奇，出人意表，當下撞擊讀者，產生共鳴的，即是好詩。例如夏宇的〈愛情〉是一首很短的詩，全詩共十四行，不只篇幅短，句子也短，每行用字不超過五個字。詩人用一首短短的詩來呼應愛情的短暫，並且將「疼」、「空」、「洞」、「短」擺置在句首，獨立成行，不但精準地道出失味愛情的實相，並且特別強調似地撞擊著失戀者的痛

❷《天下詩選》目錄分類。瘂弦主編：《天下詩選：1923～1999》（臺北：天下遠見，1999）。

苦。從這首短詩可以看出，詩不必長，但痛處可以畢現！

再以商禽〈咳嗽〉為例：

坐在
圖書館
的
一室
的
一角

忍住

直到
有人把一本書
歷史吧
掉在地上

我才
咳了一聲
嗽

「圖書館」、「一室」、「一角」，作者以短句簡要地帶領我們進入事件定點。

想咳嗽的人不敢咳，直到有人把一本歷史書掉在地上才跟著咳了一聲嗽，這一聲嗽彷彿憋了許久才找到咳出的恰好時機；一個「嗽」字獨自在最後一句爆發出來，那種解脫，何其暢快！

作者運用短句的形式，讓讀者的呼吸也跟著憋氣的人急促了起來。詩句的安排撞擊力十足。

商禽 (1930～　)

本名羅燕，四川珙縣人。幼年在私塾就讀，後因戰亂未能完成中小學教育。曾任《時報周刊》編輯。1956 年參加現代派，加入創世紀詩社。1969 年，應邀至美國愛荷華大學國際作家工作坊研究。著有《用腳思想》、《夢或者黎明及其他》等詩集。

2.長詩要有延展性

　　長詩既以長取勝，在於它有以句生句的鋪陳效果，結構必是錯綜蔓衍。不急於說盡，不立刻道破，跌宕往復，情感越疊越厚；製造柳暗花明的情節，足以扣人心絃。詩的要求在意象的使用，長詩如果含藏性不夠，則無詩味；如果延展性不足，則拖沓重複。所以，寫長詩的考驗相較之下比短詩多且難為。

　　⑴組詩──類別延展

　　組詩既有整體性又有個別性，在一個大格局之中，可作各種類別的延伸，作各種角度的詮釋，舉凡四季春秋、風火雷電、琴瑟律呂、珠璣璧玦、蟲魚鳥獸、英雄美人、悲歡離合……上窮碧落下黃泉，只要是類別近似、可互為彰顯的，都能以組詩的模式累疊延展成為長詩。

　　以陳品如〈○○○・不過是塊肋骨〉為例：

　　　　新聞快報：夏娃已經滅絕。
　　　　醫院不再充滿骨折的人潮
　　　　亞當們齊聲讚頌
　　　　啊！完整的肋骨！
　　　　世界開始歡欣鼓掌
　　　　永遠的 history 展開

　　　　新聞快報：我們已經邁入無子化及高齡化社會。
　　　　科學家拿出試劑：「我們有改良型 IAA❸，一切都 OK！」

醫院滿溢著等著施打 IAA 的人

期待和恐懼塞滿口袋

願望和慾望纏繞頭髮

世界紛擾，大肚舞廳中悠游的只有精子

新聞快報：Frada 流行新品以白色為主，概念取自日漸普及的白髮。

不再提倡讓座

因為，沒有座位給足夠的人

疾呼要提高六五門檻以免國庫虧空

挖盡腦渣也要阻止員工退休

公園中有人這麼說，「乖孫，爺爺給你講一百年前爺爺剛出生的故事。」

新聞快報：家暴層出不窮，人權團體出面為選擇成為孕體的人發聲。

「我是父親，你是爸爸！」

"I'm father, you're daddy!"

身懷六甲的亞當在鏡頭前低泣，「我也想當父親。」

小男孩摟住他，"Daddy, don't cry."

新聞快報：驚爆F國可能藏有數根單獨的肋骨。

「擅用那幾根肋骨吧！」

「世界已經很好，人要往前看齊！」

喧擾著公投時

一顆子彈轟炸而下

一切，又歸於

寂靜

---

❸IAA（吲哚乙酸，一種植物生長激素）的主要用途有三，第一：刺激生根，提高存活率；

第二：協助嫁接，傷口癒合速度快；第三：促成單性結果。此詩是假想這三個特性用在

男人身上的情形。

此詩以「新聞快報」作為篇幅延展的主軸，一層進逼一層地道出人類高齡化、少子化的各種現象及危機。「新聞快報」四字頗具驚悚性及警示力。

　　人類滅絕的危機，顯現在各種現象之中，只要將此一主題相關的各種事件累疊在一起，便可延展這首詩的長度。

　　(2)敍事詩──時間延展

　　敍事詩是用詩的形式講故事，既具備故事的情節，又有詩的藝術造境；既含有客觀記事成分，也含有主觀的感事成分，因有故事的架構轉折、情節起伏，所以容易發展為長詩。而既是詩的形式，敍事詩便也難免於詩的跳躍性特質，它不必恪守事件的真實性，而以展現詩人自我的藝術美感為主線，寫實的事件反居次要。

　　以楊牧〈林冲夜奔〉為例：

第一折
風聲‧偶然風、雪混聲

等那人取路投草料場來
我是風，捲起滄州
一場黃昏雪──只等他
坐下，對著葫蘆沉思
我是風，為他揭起
一張雪的簾幕，迅速地
柔情地，教他思念，感傷

那人兀自向火
我們兀自飛落
我們是滄州今夜最焦灼的
風雪，撲打他微明的
竹葉窗。窺探一員軍犯：

教他感覺寒冷
教他嗜酒，抬頭
看沉思的葫蘆

這樣小小的銅火盆
燃燒著多舌的山茱萸
訴說挽留，要那漢子
憂鬱長坐。「總比
看守天王堂強些……」
好寥落的天氣──我們是
我們是今夜滄州最急躁的風雪
這樣一條豹頭環眼的好漢
我是聽說過的：岳廟還願
看那和尚使禪杖，喫酒，結義
一把解腕尖刀不曾殺了
陸虞候。這樣一條好漢

燕頷虎鬚的好漢，腰懸利刃
誤入節堂。脊杖二十
刺配遠方

撲打馬草堆，撲撲打打
重重地壓到黃土牆上去
你是今夜滄州最關心的雪
怪那多舌的山茱萸，黃楊木
兀自不停地燃燒著
挽留一條向火的血性漢子
當窗懸掛絲簾幕
也難教他回想青春的娘子

教他寒冷抖索
尋思嗜酒——
五里外有那市井
何不去沽些來喫？

第二折
山神聲・偶然判官、小鬼混聲

頭戴氈笠雪中行
花鎗挑著酒葫蘆，這不是
東京八十萬禁軍教頭，人稱
豹子頭林冲的是誰？
半里外，我就看見他
朝我料峭行來
我看他步履迅速

想是棒瘡早癒了。回想
董超薛霸一心陷害他
我枉為山神是
親見的
滄州道上野豬林
也不知葬殺了多少好漢
我枉為山神都看得仔細
虧他相國寺結義的好兄弟
及時搭救，我何嘗不是親見的——

那一座猛惡林子
夏天的晨煙還未散盡
林冲雙腳滴血，被兩個公人
一路推捱喝罵，綁在
盤蟒樹上，眼看水火棍下
又是一條硬朗崢嶸的好漢……
我枉為山神只能急急

使一隻黃雀驚醒
那一路尾隨的莽和尚
使些風起，赤松子落
藤葉斷處，一條鐵禪杖
好個提轄出家花和尚
拳打鎮關西，落髮
五臺山，捲堂散了選佛場
大鬧桃花村，火燒瓦罐寺
我枉為山神看得仔細
跨戒刀，六十二斤鐵禪杖

閃雷迴盪，救了無奈流淚的
英雄漢。合是遇林而起
遇山而富。遇水而興
遇江而止……

林冲向我頂禮了——
這樣蕭瑟孤單的影子
花鎗挑著酒葫蘆
一身新雪，卻不見
多少憔悴的樣子
快步投東，背風而行
我忝為山神看得仔細
風雪猛烈，壓倒
他兩間破壁茅草廳
判官在左，小鬼在右
林冲命不該絕
林冲命不該絕
判官在左，小鬼在右
雪你快快下，風你
用力颳，壓倒他兩間破壁茅草廳
我忝為山神，靈在五嶽
今夜滄州軍營合當有事
兀那陸虞候，東京來的
尷尬人，兀那富安
兀那差撥。雪你
快快下，林冲命不該絕

這漢子果然回頭來推門

花鎗挑著酒葫蘆
好一場風雪——
取下氈笠，坐在我案前
喫冷酒，淒涼的林冲
不知在尋思甚麼？淒涼的
林冲，你曉得是誰自東京來
四處正在放火害你
判官在左，小鬼在右
林冲命不該絕——今夜是
那風那雪救了你

我忝為山神，靈在五嶽
這一切都看得仔細

第三折甲
林冲聲・向陸謙

陸謙，陸謙，雪中來人
又是你陸虞候！
若不是風雪倒了草料場
若不是山神庇祐，我今夜
准定被這廝燒死了——卻在
廟前招供！我與你自幼相交
你樊樓害我，尖刀等你三日
讓你逃了，如今真尋來滄州
放火陷我，千里迢迢
且吃我一刀

宛然是童年
大朵牡丹花
在你園子裡開放
是浮沉的水蓮仲夏
開滿山池塘，是你
讀書的硃砂
愛臉紅的陸謙，你何苦
何苦來滄州送死？

第三折乙
林冲聲

想我林冲，年災月厄
如今不知投奔何處
雪啊你下吧，我彷彿
奔進你的愛裡，風啊
你颷吧，把我吹離
這漩渦。廟裡三顆死人頭
東京更鼓驚不醒一場
琉璃夢。仗花鎗
我林冲，不知投奔何處
且飲些酒，疏林深處
避過官司，醉了
不如倒地先死

第三折丙
林冲聲·向朱貴

一支響箭射進蘆葦注裡──
想我林冲（他年若得志
威震泰山東）年災月厄
也無心看雪。多謝那柴大官人
指點路口，來此
水鄉宛子城，暫且
尋個安身。折蘆敗葦
好似我的心情落草
東京一種風流
還是鬱鬱的三春
鞦韆影裡飲酒
木蘭花香看殘棋
月下彈寶刀……
（他年若得志
威震泰山東）

第四折
雪聲·偶然風、雪、山神混聲

風靜了，我是
默默的雪。他在
渡船上扶刀張望
　　　山是憂戚的樣子

風靜了，我是
默默的雪。他在
敗葦間穿行，好落寞的
神色，這人一朝是

東京八十萬禁軍教頭
如今行船悄悄
向梁山落草
　　山是憂戚的樣子

風靜了，我是
默默的雪。擺渡的人
彷彿有歌，唱蘆斷
水寒，魚龍鳴咽
還有數點星光
送他行船悄悄

向梁山落草
　　山是憂戚的樣子

風靜了，我是
默默的雪。他在
渡船上扶刀張望
臉上金印映朝暉
彷彿失去了記憶
張望著煙雲：
七星止泊，火拼王倫
　　山是憂戚的樣子

這首詩取材自《水滸傳》「林冲夜奔」的故事，以元雜劇的形式，將故事分為四折來鋪展，每折安排不同的敘述者（分別是風、山神、林冲、雪），以獨白的方式，表達出對林冲遭遇的不同的觀點，充滿了對林冲深切的同情。

各折的命題已提示了詩文的內容將以歌劇的模式展開，既有角色獨唱，又有混聲合唱，彷彿坐在戲棚下聆賞一齣角色多元、高潮迭起的雜劇。

（三）確立風格

詩是託物言志的管道，詩是為自己發言。義大利詩人瓜西莫多 (Salvatore Quasimodo, 1901～1968) 說：「詩是在孤獨中彰顯自己，由此孤獨向四面八方發射。」能彰顯自己的必然具備個人特質，具備個人特質的必然可以樹立自己的風格。詩人各有風格，藉由作品傳達出去，如風流轉，在讀者身上造成不同的藝術薰染。無論是古典哲思、抒情寫意、超現實表現、寫實諷喻、浪漫唯美、現代都會、隱喻象徵、後現代解構……，愈對自己的表現特質有充分掌握的，愈能樹立獨樹一幟的風格。

著名的新詩詩人無不旗幟鮮明，例如：鄭愁予給人的印象是浪子飄泊的情調，周夢蝶是禪意感悟的況味，洛夫是魔幻奇詭的色彩，楊牧是遼闊幽夐的氛圍，

席慕蓉是愛情容顏的光影，向陽是守護土地的良心，蘇紹連是驚悚悠謬的意象……。下面列舉幾首新詩，請依上述的詩人風格，判斷是哪一位詩人的作品。

1

燈下細看我一頭白髮：
去年風雪是不是特別大？
半夜也曾獨坐飄搖的天地
我說，撫著胸口想你

可能是為天上的星星憂慮
有些開春將要從魔羯宮除名
但每次對鏡我都認得她們
許久以來歸宿在我兩鬢

或許長久關切那棵月桂
受傷還開花？你那樣問
秋天以前我從不去想它
吳剛累死了就輪到我伐

看早晨的露在葵葉上滾動
設法於脈絡間維持平衡
珠玉將裝飾後腦如哲學與詩
而且比露更美，更在乎

北半球的鱗狀雲點點反射
在鯖魚游泳的海面，默默
我在探索一條航線，傾全力
將歲月顯示在傲岸的額
老去的日子裡我還為你寧馨
彈琴，送你航向拜占庭
在將盡未盡的地方中斷，靜
這裡是一切的峰頂

這是楊牧的〈時光命題〉。時光靜靜地挪移，人在其中老去。生活總是飄搖，有大風大雪；日子反覆勞累，像吳剛伐桂。當星象改易，一年又換，時光為人留下的是老去的痕跡，是鏡中的白髮，是額上的皺紋。固然如此，詩人仍選擇在老去的日子裡安靜地與時光美好共行。全詩取象邈遠，風雪星月海；語氣低緩，幽邃而內斂——這種開闊寧靜的氛圍，是楊牧的風格。

楊牧 (1940～　)

本名王靖獻，臺灣花蓮人。畢業於東海大學，獲美國加州大學比較文學博士。曾任教美國、香港、臺灣各地大學。早期筆名葉珊，三十二歲後改筆名為楊牧。曾獲國家文藝獎。著有《水之湄》、《花季》、《傳說》、《瓶中稿》、《北斗行》等詩集；《搜索者》、《山風海雨》等散文集。

2

　　一顆顆頭顱從沙包上走了下來
　　俯耳地面
　　隱聞地球的另一面
　　有人在唱
　　自悼之輓歌

　　浮貼在木樁上的那張告示隨風而去
　　一幅好看的臉
　　自鏡中消失

這是洛夫的〈沙包刑場〉。頭顱能走路，能俯耳聽聞，多麼詭異！而聽到的竟是自悼的輓歌，多麼魔幻——這樣的布局風格，是洛夫的色調。

洛夫 (1928～)

本姓莫，淡江大學英文系畢業。曾任教東吳大學外文系。1954 年與張默、瘂弦共同創辦《創世紀》詩刊。其作品被譯成英、法、日等多國語言，並收入《中國當代十大詩人選集》等各大詩選。曾獲吳三連文藝獎、國家文藝獎。著有《靈河》、《石室之死亡：洛夫詩集》、《時間之傷》等詩集；《一朵午荷》等散文集。

(3) 　行到水窮處
　　不見窮，不見水——
　　卻有一片幽香
　　冷冷在目，在耳，在衣。

　　你是源泉，
　　我是泉上的漣漪；
　　我們在冷冷之初，在冷冷之終
　　相遇。像風與風眼之

　　乍醒。驚喜相窺
　　看你在我，我在你；
　　看你在上，在後在前在左右：
　　迴眸一笑便足成千古。

　　你心裡有花開，
　　開自第一瓣猶未湧起時；
　　誰是那第一瓣？
　　那初冷，那不凋的漣漪？

　　行到水窮處
　　不見窮，不見水——
　　卻有一片幽香
　　冷冷在目，在耳，在衣。

這是周夢蝶的〈行到水窮處〉。水窮處，不見窮，不見水，終極的源頭，是空無；你在我，我在你，道即吾，吾即道；花不是開在自己的對立面，而是開在心中，一片幽香在目，在耳，在衣——這種物我不二的禪意感悟，是周夢蝶的況味。

4

如何讓你遇見我
在我最美麗的時刻　為這
我已在佛前　求了五百年
求祂讓我們結一段塵緣

佛於是把我化作一棵樹
長在你必經的路旁
陽光下慎重地開滿了花
朵朵都是我前世的盼望

當你走近　請你細聽
那顫抖的葉是我等待的熱情
而當你終於無視地走過
在你身後落了一地的
朋友啊　那不是花瓣
是我凋零的心

這是席慕蓉的〈一棵開花的樹〉。美麗的容顏求一段塵緣——愛情與容顏的光影，是席慕蓉善於捕捉的。

席慕蓉 (1943～　)

原籍蒙古明安旗，生於重慶市。國立臺灣師範大學藝術系畢業，曾任教新竹師專（今新竹教育大學），現已退休，專事創作。席慕蓉為一位畫家，並兼擅詩與散文創作。曾獲中興文藝獎章新詩獎。著有《七里香》、《無怨的青春》等詩集；《成長的痕跡》、《金色的馬鞍》等散文集。

⑤　樹們咳嗽咳嗽而肺葉凋落了

一口濃痰；一口血絲隱現的秋。

樹們的手都握住水；沒握住水

一滴滴滑落。枯竭。

　　雲雲雲雲

　　好雲雲雲

　　多好雲雲　　請看天上的那些雲

　　喲多好雲　　正用樹們的枝椏

　　雲喲多好　　在背後張起你的遺容。

　　雲雲喲多

　　雲雲雲喲

樹們都在欺騙自己

為什麼要給出禿兀的枝椏

不見新芽？

那位移行的朋友把一路的濃痰踢向

天　　化為細菌和灰塵。

這是蘇紹連的〈秋之樹〉。樹是都市之肺，落葉是肺葉咳出的痰。但這痰布滿血絲，因為它咳自病樹。病樹的枝椏伸向雲端，像一面張開的遺容。秋不再浪漫，因為一路的落葉被人踢起，一如病痰被揚起，空氣中布滿細菌和灰塵。這首詩一反我們對秋的感受，讀來十分令人難受──這種驚悚悠謬的取象，是蘇紹連的風格。

四、命題

（一）要新、要奇、要怪

　　題目是文學作品的領航員，和內文同等重要。題目對於文學作品，具有影響詩文、暗示詩旨、凸顯詩境、異化創新、製造衝突、引發趣味的作用，所以，為自己的創作命一個好題目，絕對具有畫龍點睛的效果。以下列著名詩人的命題為例，便是很好的示範。

- 五行無阻（余光中）
- 20/20 之逝（林泠）
- 給時間以時間（夏宇）
- 哀傷依然寂靜（綠蒂）
- 青蛙案件物語（管管）
- 三位一體（李魁賢）
- 缺席的圓（葉紅）
- 沒有一朵雲需要國界（白靈）
- 你是人間的四月天（林徽音）

（二）題目即詩旨

　　很多詩人將詩的旨趣埋伏在題目之中，全詩只是一個喻依，喻體就是題目，如果忽略了題目，可能會錯解詩意。如孫維民〈謠言〉：

　　　綠色眼睛細利白牙的一頭獸
　　　從無而生
　　　飲食起居
　　　（偶而撥打電話）
　　　在修葺得如此無辜的屋牆裡

首句透過「綠色眼睛」、「細利白牙」、「一頭獸」來比喻謠言的可怖；緊接著以「從無而生」、「飲食起居」、「偶而撥打電話」、「屋牆裡」等語，形容謠言的細瑣八卦、無中生有；最後「修葺得如此無辜」則點破謠言的假面。詩文不長，像是描寫一頭獸，但題目揭示的卻是「謠言」，令人為其精準的比況莞爾叫絕。

孫維民 (1959～　　)

山東煙臺人。國立政治大學西洋語文系畢業，輔仁大學英國語文學碩士。曾任中興大學兼任講師，現任教於遠東科技大學應用外語系。十五歲開始寫詩，擅長散文、詩、文學評論。其作品多次選入《新詩三百首》、《二十世紀臺灣詩選》等國內外重要選集。曾獲中國時報新詩獎、臺北文學獎新詩獎、中央日報新詩獎等獎項。著有《拜波之塔》、《異形》、《麒麟》等詩集；散文集《所羅門與百合花》。

五、詩的好壞如何界定

　　向明曾說判斷詩的好壞有三個標準：穩、準、狠。「穩」就是處理文字要穩當；「準」是取用意象和安排語詞要準確；「狠」是作品要有獨創性，不可取代性。

　　瘂弦對於一首詩的好壞也有三個標準：思、美、力。「思」是具有創新的思想，「美」是具有藝術性的美感，「力」是具有閱讀的震撼力。

　　總之，我們應該說，無論哪一類文體，只要能引起共鳴，令人眼睛為之一亮，甚至產生感動的，就是好作品，詩也不例外。本章提供了諸多鍛字、鍊句、謀篇的技巧及檢視創作的方法，如果能逐次自我訓練，便能領略一首好詩形成的理由。

六、結語

　　詩是文學的最高形式，是親近美的紀錄。詩與平庸是不相容的，如何能發出林中的響箭，必須經過足夠的錘鍊。詩人辛笛說：「創新和突破能使魅力橫生，

但只有在充分把握現成的語言的基礎上，才能和讀者溝通。」❹透過語言文字的鍛鍊，可以鑄造自己，催生讀者。固然詩著重於詩人自身煥發的情志風采，但若無法充分掌握字與字、詞與詞之間的組合和暗示，又如何能下筆有神？

創作詩就等於重整自己，透過思維與想像重新安排生活，因此，詩是生活的變形。如何採擷特別的素材、遣用恰當的字詞、串連鮮活的文句、謀劃完整的篇幅、抒展自我的性靈，每個環節都是美的進行式，也都影響美的完成。

赫曼・赫塞 (Hermann Hesse, 1877～1962) 說：「寫一首壞詩的樂趣，甚於讀一首好詩。」不是強調容忍壞詩的存在，而是鼓勵保有創作的樂趣。何不捕捉情感的第一性，掌握理念的第二性，輔以鍛字、鍊句、謀篇的形式技巧，試圖為自己留下美的紀錄？

❹沈奇主編：《詩是什麼——20 世紀中國詩人如是說》，頁 3。

請朗讀下引的這首詩，思考它所想要表達的詩旨並為它命一個別致的題目。

　　　韋瓦第忘了小提琴的音色

　　　雷諾瓦的世界沒有女人

　　　安藤忠雄厭倦了水泥

　　　詩人再也不寫詩了

　　　他從詩中走出

　　　像海潮從防波塊的縫隙中

　　　退去

　　　只剩下意象、音韻、和防波塊狀的珠璣

　　　零亂排列、堆砌

　　　堆棄

　　　我將藍色布匹從天空上扯下來

　　　散落了一地的棉花糖

　　　在大地的淚水中溶化

　　　甜味不見了，只剩黏黏的──

　　　沾到衣服，洗也洗不清

（師大附中　高若想）

我的詩題：(　　　　　　　　　　)

思考便利貼

命名之後請你檢核一下：

1. 這個題目能明確的點出詩旨嗎？

2. 這個題目是否夠新、夠奇、夠怪？

課後練習

(　　) 1. 余光中〈唐馬〉：「旌旗在風裡招，多少英雄／潑剌剌四蹄過處潑剌剌／千蹄踏萬蹄蹴擾擾中原的塵土／□，寂寞古神州，成一面巨鼓」依詩意，□中填入哪一字最生動傳神？　(A)敲　(B)槌　(C)叩　(D)擊。

(　　) 2. 「阿爸從阿公粗糙的手中／就如阿公從阿祖／默默接下堅硬的鋤頭／鋤呀鋤！千鋤萬鋤／鋤上這一張蕃薯地圖／深厚的泥土中」從詩的風格推判，這首詩最可能是誰的作品？　(A)洛夫　(B)蘇紹連　(C)楊牧　(D)吳晟。

3. 紀弦〈狼之獨步〉：「我乃曠野裡獨來獨往的一匹狼。／不是先知，沒有半個字的嘆息。／而恆以數聲悽厲已極之長嗥／搖撼彼空無一物之天地，／使天地戰慄如同發了瘧疾；／並刮起涼風颯颯的，颯颯颯颯的：／這就是一種過癮。」詩文中，哪些形容詞襯出了狼的孤獨？哪些動詞點出了狼的厲害？

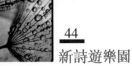
課間活動 & 課後練習答案解析

顛覆句法、化散為詩

〈生活〉
譬如從節奏中拔出一個音符
生活
是流動的

夾帶不同色彩的水流
所有事物都站不住腳
忙於在有限的時間中穿梭

景色也好
心情也好

只消　停下腳步
在這樣的洪流裡
就能迅速被
抽離

詩的命名

如果沒有詩（原詩名）

 課後練習

解析

1.用「叩」字，聲、意均具，生動傳神。 2.本詩出自吳晟〈蕃薯地圖〉，充滿鄉土的關懷。

解答

1. C　2. D　3.(1)獨來獨往的、沒有半個字的、悽厲已極的、空無一物的、涼風颯颯的。(2)搖撼天地、使天地戰慄、刮起涼風

Ⅱ 風與風眼之乍醒
——新詩的聲韻

王淑蘭

✳ **內文提要**

在本章我們將思考：

◆ 新詩是否可以有屬於它自己的韻律？

◆ 新詩該如何找到或發現它自己的聲情？

◆ 新詩又是如何表現出內在的韻律與外在的節奏？

一、詩的自然韻律

如果說「詩」是人用文學記錄的、來自心靈的聲音（即「詩言志」之謂），那麼屬於人心靈的聲音，自會尋出他自己的韻律，怎麼說呢？譬如相傳在堯王時代，就流傳著這一首〈擊壤歌〉：

日出而作，
日入而息，
鑿井而飲，
耕田而食，
帝力於我何有哉？

這一首詩前四句就自然形成一種韻律感，每句四字，整齊平衡，傳達出一種屬於農民生活的素樸與規律氛圍。最後一句轉為七字長句，一氣呵成，又用問句結束，頗顯示出一派自足、一派傲然的神情。

如漢樂府中著名的〈江南〉：

江南可採蓮，
蓮葉何田田。
魚戲蓮葉間：
魚戲蓮葉東，
魚戲蓮葉西，
魚戲蓮葉南，
魚戲蓮葉北。

句型設計尤為奇巧——竟用「間東西南北」五個方位詞鑲嵌於同一個句子「魚戲蓮葉」之下，重複迭唱，藉以譜出江南輕柔而浪漫的風光——真所謂渾然天

成,一唱三嘆!

又如節錄自東漢末年〈古詩十九首〉中的〈行行重行行〉:

行行重行行,
與君生別離。
相去萬餘里,
各在天一涯。

一起首便連用了五個平聲字,奇巧地營造出了一人行了又行,行至天涯,不知將飄盪到何處的情境。可知詩的聲韻之美,早在唐格律詩出現之前便自由旋舞了很久,格律只是將詩的聲情之美規格化了。

到了五四時期,胡適曾主張「文須廢駢,詩須廢律」。然而,在失去了「律」——也就是平仄語韻對仗的依憑之後,詩何以呈現詩的形式、詩的語言、詩的意、詩的美?詩又何以將自身與散文區隔開來?事實上,胡適於《嘗試集》創作新詩時,即不期然而然地隨著直覺,呈現了一種韻律風、節奏感。

如〈秘魔崖月夜〉:

依舊是一月圓時,(二節)
依舊是一空山一靜夜;(三節)
我獨自一月下一歸來,——(三節)
這淒涼一如何一能解!(三節)

翠微山上的——一陣一松濤(三節)
驚破了一空山的一寂靜一。(三節)
山風一吹亂了一窗紙上的一松痕,(四節)
吹不散一我一心頭的一人影。(四節)

這首詩分為兩段,前四行為第一段,後四行為第二段,第一段四行與第二段四

行相對稱。每一段的二、四行押韻，自然而不落痕跡。

胡適 (1891～1962)

本名嗣穈，後改名適，字適之，安徽績溪人。四歲喪父，由母親教養成人，十五歲入上海中國公學，並參與主編《競業旬報》。隨後在美國康乃爾、哥倫比亞大學就讀，師從杜威學習哲學。1919 年提倡白話文運動，開啟了中國新文學的時代，其著作《嘗試集》為中國第一本白話詩集。著有《中國哲學史大綱》、《白話文學史》、《胡適文存》等。

由〈擊壤歌〉、〈江南〉、〈行行重行行〉至〈秘魔崖月夜〉，我們可以發現：自始新詩便在自身的內容中求韻律，也就是說，詩的韻律和詩的內容是自然的一種結合，不假外求；而後好的詩人也總能找到屬於自己的詩作的韻律——所謂「內在的韻律」。

二、新月派的韻律

新月派詩人的作品重視語言的韻律感，對於初習詩的學生而言，他們的作品是掌握新詩節奏感極為重要的材料。朱自清曾如此描述新月派詩人創造新詩格律的野心：「他們要創格，要發現『新格式』與『新音節』。」新月派詩人聞一多主張新詩應具備「節的勻稱」及「句的均齊」，他亦主張詩應該有「音尺」（音節）、重音、韻腳。他說：「詩詞有音樂的美，繪畫的美，建築的美；音樂的美指音節，繪畫的美指詞藻，建築的美指章句……」

現舉聞一多的代表作〈死水〉為例，以示現新月派詩的格律特色和效果。

這是一溝絕望的死水，　　也許銅的要綠成翡翠，
清風吹不起半點漪淪。　　鐵罐上鏽出幾瓣桃花；
不如多扔些破銅爛鐵，　　再讓油膩織一層羅綺，
爽性潑你的剩菜殘羹。　　黴菌給他蒸出些雲霞。

讓死水酵成一溝綠酒，　　　如果青蛙耐不住寂寞，
飄滿了珍珠似的白沫；　　　又算死水叫出了歌聲。
小珠們笑聲變成大珠，
又被偷酒的花蚊咬破。　　　這是一溝絕望的死水，
　　　　　　　　　　　　　這裡斷不是美的所在，
那麼一溝絕望的死水，　　　不如讓給醜惡來開墾，
也就誇得上幾分鮮明。　　　看他造出個什麼世界。

　　〈死水〉共分五段，每段四行，每行有四個「音尺」。音尺由音節組合而成，
又稱「音組」；由二字組成的音尺叫做二字尺，三字組成的叫三字尺。一行詩中
音尺的排列可以不固定，但每行的三字尺、二字尺的數目應該相等，以見出新
格律體詩的音樂美，其最重要的表現就是節奏感要強。

　　這是｜一溝｜絕望的｜死水，
　　清風｜吹不起｜半點｜漪淪，
　　不如｜多扔些｜破銅｜爛鐵，
　　爽性｜潑你的｜剩菜｜殘羹。

其中每一「音尺」都是以二字或三字組成，其次序依內容需要自由變化，平仄
則無定式，如第五段是全詩結尾，語多獨斷式的肯定，所以全用「仄」聲字。
在音義上配合恰當，韻腳也不勉強，如一、二、三、四段的「淪」、「羹」、「花」、
「霞」、「沫」、「破」、「明」、「聲」、「在」、「界」等處隨著意涵的轉變自然押韻。
　　雖然為了營造出詩的「音樂美」、「繪畫美」及「建築美」，新月派詩人的作
品，往往在音節與章句結構上太過講究勻稱而被人譏諷為「豆腐乾塊詩」或「方
塊詩」，但在新詩尋求新的韻律出路這一過程中，其功不可沒。

聞一多 (1899～1946)

原名亦多，族名家驊，字友三，湖北浠水人。1920 年起開始創作新詩，並積極參加文學藝術活動。1923 年與徐志摩、梁實秋等人共創「新月社」，1928 年與朱湘、陳夢家等編輯《新月》雜誌。主張新詩要具備音樂美、繪畫美、建築美。著有《紅燭》、《死水》、《神話與詩》等，後人編有《聞一多全集》。

再看一首馮至的〈蛇〉：

> 我的寂寞是一條長蛇，
> 冰冷地沒有言語──
> 姑娘，你萬一夢到它時，
> 千萬啊，莫要悚懼！
>
> 它是我忠誠的伴侶，
> 心裡害著強烈的鄉思：
> 它在想著那茂密的草原──
> 你頭上的濃郁的烏絲。
>
> 它月光一般輕輕地
> 從你那兒潛潛走過；
> 為我把你的夢境銜了來，
> 像一只緋紅的花朵！

全詩分三段，每段四行，每行三個音尺。以下是第一段的音尺分析：

> 我的寂寞｜是｜一條長蛇
> 冰冷地｜沒有｜言語

　　姑娘，你｜萬一｜夢到它時

　　千萬啊，｜莫要｜悚懼

　　由這首詩的字數結構看，馮至已打破了〈死水〉每行皆七字、音尺或二字或三字的限制，而採更富變化的自由方式，一到四字皆具，押韻比較工整：第一段的「蛇」、「語」、「時」、「懼」；第二段的「侶」、「思」、「原」、「絲」；第三段的「過」、「朵」等，唸起來音調相互迴響，韻隨意轉。而「它月光一般輕輕地／從你那兒潛潛走過；／為我把你的夢境銜了來，／像一只緋紅的花朵！」這一段中「輕輕」、「潛潛」則利用了聲音「疊複」所營造的意象效果，加上「緋紅」二字所帶出的色彩震撼與意象聯想，是很驚悚的。

馮至 (1905～1993)
本名承植，河北涿縣人。1921 年考入北京大學預科，即開始寫詩。1979、1985 年皆當選為中國作家協會副主席。早期為淺草社和沉鐘社的成員，曾被魯迅譽為「中國最傑出的抒情詩人」。著有《昨日之歌》、《北遊及其他》、《十四行集》、《馮至詩選》等詩集。

三、臺灣新詩的音樂性

　　臺灣新詩的第一把火炬是紀弦點燃的。作為「現代派」的先鋒，為了與傳統詩完全切割，紀弦強力主張：「詩是詩，歌是歌，我們不說詩歌。」「現代詩則根本否定了文字的音樂性，無論其為韻文或散文的。」❶這種看法使得五、六〇年代的新詩作者多半忽略了對新詩格律的探討，轉而全力追索新詩的自由風格。即便如此，新詩與音樂彼此之間的渴慕仍是不可斷絕的。

---

❶紀弦：《紀弦論現代詩》（臺中：曾文，1955），頁 91～94。

發現音尺

　　音尺指的是詩句的自然節奏，如同音樂有節奏、節拍，富音樂性的詩句也會自然形成數個字一拍的韻律感，在重視聲韻的新月派詩中更是如此。

　　前文中提到馮至的〈蛇〉每行有三個音尺，並且為你示範了這首詩第一節的音尺是如何劃分的。現在就請你透過朗誦，試著找找看它第二節與第三節的音尺應該怎麼分？

　　　　它是我忠誠的伴侶，
　　　　心裡害著強烈的鄉思：
　　　　它在想著那茂密的草原——
　　　　你頭上的濃郁的烏絲。

　　　　它月光一般輕輕地
　　　　從你那兒潛潛走過；
　　　　為我把你的夢境銜了來，
　　　　像一只緋紅的花朵！

思考便利貼

你可以先透過朗誦，用心體會一下這首詩的韻律感，再進行音尺的劃分！

如紀弦〈狼之獨步〉：

> 我乃曠野裡獨來獨往的一匹狼。
> 不是先知，沒有半個字的嘆(息)。
> 而恆以數聲淒厲已極之長嗥
> 搖撼彼空無一物之天(地)，
> 使天地戰慄如同發了瘧(疾)；
> 並刮起涼風颯颯的，颯颯颯颯(的)：
> 這就是一種過癮。

這首詩一共七行，每行或一句或兩句，長短不一，隨情緒變化；句中常出現「ㄨ」和「ㄧ」這兩種韻母交錯運用的現象，造成一種緊張迫人的氣勢，更不要說似無心若有意的韻腳安排（息、地、疾、的），再加上「颯颯的，颯颯颯颯的」一長串摹聲效果，營造出了淒厲而冷肅的氛圍，令人不論讀誦或聆聽此詩之際，必生「過癮」之想。

對臺灣的新詩作品而言，其音樂性已不必局限於追求聲韻的和諧或明顯的律動，反而貴在一種自然的旋律表現：詩的音樂性是隨著詩人情緒的波動，呼吸吐納，自然活潑地形成。例如藍星詩社的發起人之一覃子豪，對詩的韻律和節奏，有他獨特的看法，他認為，節奏是詩的特徵，是句子和句子間的抑揚頓挫，又叫節拍，韻律是句子末尾的押韻，又叫諧音。目前的詩節奏比韻律重要，因為節奏是自然的、活潑的，韻律是容易成為刻板的、造作的；節奏是變化無限的，韻律是受到限制的。節奏是內涵，而韻律是外貌；節奏有助於內容的完整明快，韻律則容易傷害內容的真實；節奏容易使詩的形式新奇，韻律則易使得詩的形式僵化。所以，在必要時，韻律可以揚棄，因此目前的詩，多半注意節奏，不注意韻腳❷。由此可見臺灣新詩界，自始即有「自然的節奏重於人為的韻律」的主張。

---

❷覃子豪：《論現代詩》（臺中：曾文，1977），頁 20～21, 104～105, 226。

如羅門的〈窗〉：

　　猛力一推　雙手如流
　　　總是千山萬水
　　　總是回不來的眼睛

　　遙望裡
　　你被望成千翼之鳥
　　棄天空而去　你已不在翅膀上
　　聆聽裡

　　你被聽成千孔之笛
　　音道深如望向往昔的凝目

　　猛力一推　竟被反鎖在走不出去
　　　　　　　　　的透明裡

這首詩乍看之下並無明顯的音節、韻腳，但仔細誦讀，可以發現它巧妙地運用民歌式的「復迭」技巧：

　　首尾兩段分用「猛力一推」遙相呼應。

　　第一段二三句，俱以「總是」起首。

　　第二段以「遙望裡／你被望成……」「聆聽裡／你被聽成……」迭宕著詩意。

　　末段不但分割成兩行，而且故意截斷於「走不出去的」語尾「的」字之前，然後跨行低置，令讀者唸誦至此時，音聲不得不隨之頓挫，視線不得不隨之墜落，於是自然形成一種受到阻絕、受到撞擊的沮喪感。

羅門（1928～　　）

本名韓仁存，海南文昌人。空軍飛行官校肄業，美國民航中心畢業。1954 年於《現代詩》季刊發表第一首詩〈加力布露斯〉，並於隔年與女詩人蓉子結婚。從事詩創作四十年，曾任藍星詩社社長、國家文藝獎評審委員等職務。曾獲藍星詩獎、中山文藝獎等獎項，作品曾入選英、法等多國外文詩選。著有詩集十七種，論文集七種。

在這裡，不禁要提到圖像詩的代表作家林亨泰的〈風景 NO. 2〉，他也熟巧地運用了類似的技巧，將語尾助詞「的」裁分跨行，以構成防風林似斷猶續連綿不絕的視覺音效。

然而海　以及波的羅列
然而海　以及波的羅列
外邊　防風林　還有　的
外邊　防風林　還有　的
外邊　防風林　還有　的

林亨泰（1924～　　）

臺灣彰化人。省立臺灣師範學院（今臺灣師範大學）教育系畢業，原任教於中學，退休後曾在多所大專院校教授日文。1956 年加入「現代派」，1964 年籌組「笠詩社」，創辦《笠詩刊》。曾獲磺溪文學獎特別貢獻獎、國家文藝獎等。著有《靈魂の產聲》、《林亨泰詩集》、《爪痕集》、《跨不過的歷史》等詩集；《找尋現代詩的原點》、《現代詩的基本精神：論真摯性》等詩論集。

請依照下列的斷句方式，誦唸看看：

防風林｜的｜外邊｜還有｜防風林｜的｜外邊｜還有｜防風林｜的
⋯⋯

是不是頗有行車於二林道上，看到一排排防風林倒退之後又迎面而來，波浪不絕的景象？是不是由於「的」字的頓挫，不期然地會在心理上產生一種速度固定的行進錯覺？

因此我們可以這麼說：新詩可以不必考慮聲律問題，可以不必講究音樂性。但是如果新詩作者希望追求意涵、形式之外的聲情之美，他可以運用的技法究竟有哪些呢？

四、新詩展現聲情之美的種種技法

眾所周知，詩的外在節奏主要是由音節、韻腳、對稱性等因素構成，而最能囊括這些因素，以展現詩之節奏的形式，莫過於復迭。

（一）復迭

復迭是民歌民謠中最重要最基本的手法之一，指同一物象的反覆示現，能加深印象與情感濃度，其往返回復的意象最易釀出濃稠的情愫，予人一詠三嘆的韻致。如余光中的〈鄉愁四韻〉就是這種技巧運用的最佳範例：

給我一瓢長江水啊長江水　　　　給我一片雪花白啊雪花白
　　酒一樣的長江水　　　　　　　　信一樣的雪花白
　　醉酒的滋味　　　　　　　　　　家信的等待
　　是鄉愁的滋味　　　　　　　　　是鄉愁的等待
給我一瓢長江水啊長江水　　　　給我一片雪花白啊雪花白

給我一張海棠紅啊海棠紅　　　　給我一朵臘梅香啊臘梅香
　　血一樣的海棠紅　　　　　　　　母親一樣的臘梅香
　　沸血的燒痛　　　　　　　　　　母親的芬芳
　　是鄉愁的燒痛　　　　　　　　　是鄉土的芬芳
給我一張海棠紅啊海棠紅　　　　給我一朵臘梅香啊臘梅香

詩人利用不斷重現的手法，造成讀者預期的心理狀態，如此即可以製造恰如所料的快感。再者，重複可以營造節奏感，節奏感可以譜就音樂美。音樂是一種力求把情緒加以反覆詠嘆和雕琢的藝術，而使意識不斷重回同一主題的「重複」做法，則有助於達到這個目的。看來，為取得詩的音樂美，萬萬不可丟掉各式各樣的復迭技巧。

（二）頂真及排比

頂真是上段末句（或上句末一二字）出現於下段首句（或下句首一二字）的修辭技法。這種技法隸屬於「復迭」一類，同樣可以營造出迴旋不已的節奏感，不同的是，頂真更能緊湊句氣，推進句意。如管管的〈春天像你你像煙煙像吾吾像春天〉這首詩題目便以頂真技法出之，聲勢奪人。而商禽的〈凱亞美廈湖〉同樣使用了頂真句法：

> 比水的清冽
> 　　　　更遠的
> 是林木的蕭殺
> 比林木的蕭殺
> 　　　　更遠的
> 是山的凝立
> 比山的凝立
> 　　　　更遠的
> 是雲的蒼茫
> 比雲的蒼茫
> 　　　　更遠的
> 是天的渺漠
> 比天的渺漠
> 　　　　更遠的

> 是我的
>
> 望　眼

他將連綿的聲律構置於不斷重複出現的句型中（也就是排比句），使得視效與音效密切結合，獲得了加乘的效果。事實上頂真與排比正是復迭技巧的變形。

（三）倒裝

詩人為了加重語意，以提醒讀者的注意力，或故意改變語法以製造新的美學感受，往往採用倒裝句；也就是說，詩人們偶爾會在詩中蓄意破壞文法次序，迫使讀者自規律的語法邏輯中解放出來。這種作法可以使得原來順暢無阻的節奏，暫時受到阻礙，而促使節奏趨緩，如鄭愁予的〈錯誤〉。其中「恰若青石的街道向晚」與「你底心是小小的窗扉緊掩」就是倒裝式的文法結構。如果我們把這兩句詩依其原有的結構還原，它們的句型應該是這樣的：

原詩	還原文法結構
恰若青石的街道向晚	恰若向晚的青石街道
你底心是小小的窗扉緊掩	你底心是緊掩的小小窗扉

還原後的意旨由於太過理所當然，反而會令讀者失去深思回味的空間，唸誦時也因為過於平鋪直述而漏失變化悠轉之美。相反的，如果將「向晚」、「緊掩」置於句末，則可以使得原已意盡的句子有了未盡的意味和延續的詩旨，句氣因而增長，餘味因而不絕。

（四）跨行間隔

跨行是阻斷，間隔是空白，於視覺和心裡的音效上都可製造出一種類似休止符的作用。例如林泠的〈史前的事件〉，可以作為很好的範例：

愛情絕然是
一樁史前的事件。幾乎
我能肯定它的發生
在燧石取火之前

或是燧木；或是
任何你選擇燃燒的
軀體與魂魄……它們
最終的昇華之前。甚至

我敢說，神農的稼穡
是近乎寫意的臨摹，當祂
細細地犁，深深地耡
將億萬的種子撒入

那黝黑的、亙古的肥沃——

史前的事件：無疑的
發生在地球的燠燆
之前，冰川的

解凍之前；那是
銀河與星爆的邊緣
沙漠和大海濤……沸騰
枯竭、動盪與割裂

寒冷的邊緣。那時
洪荒的方舟未築
焭惑的小月
未度；這樣匆匆地就開始了

一樁來生的事件。

這首詩分為七段。各段照理應各自獨立，但詩人卻將本來應是一句的句子，切割成二部分，並分布在兩段，一部分作前段末句，一部分為下段首句，使得原本應該分隔的兩段（既跨行，又間隔），因而造成若斷似續，或者實斷卻續的纏綿感，恰可與全詩寓說愛情乃至宇宙生命緣起的意義配合。最後一段，讀句成段，又與前段末句句意相繞，不能不令人昇起一種：說之雖盡，思之悠悠的綿邈的情韻。

林泠 (1938～　　)

本名胡雲裳，廣東開平人。國立臺灣大學化學系畢業，獲美國維吉尼亞大學化學博士學位。曾任職美國化學界，主持藥物合成研究。中學時代即從事新詩創作，以〈四方城〉系列震驚詩壇，其後停筆多年，八〇年代以〈非現代的抒情〉一詩復出。著有《林泠詩集》、《在植物與幽靈之間》等詩集。

其次，再看一首季野的〈宿營〉（節錄）：

行離早晨　　　　　　　行出森林
就入市鎮　　　　　　　就是黃昏
行離市鎮　　　　　　　行盡黃昏
就是正午　　　　　　　就是亂葬崗
行過正午　　　　　　　行入亂葬崗
就是鄉野　　　　　　　就是初夜
行去鄉野　　　　　　　行經初夜就
就是下午
行過下午　　　　　　　宿營
就是森林

這部份共十八行、兩段，其中每兩行為一句，如「行離早晨就入鎮市」原為一句。截分為二後的句子，一寫時間一為空間，作者乃利用分行、分句的方式，進行時間與空間雙線的交錯移換，完成一天行軍跋涉的流程。其律動是步伐整齊而匆遽不息的，直到「初夜」才戛然止於「就」字。然後間隔、分段，軍隊的動態乃至全詩的表述，均結束於「宿營」兩字，呈現出一種行進之後全面靜止、休憩的狀態──適當的分行與斷句是詩人控制節奏的法寶，這首詩就是很好的證據。

季野 (1946～2008)
本名季滇生，安徽無為人。政治作戰學校畢業，曾創辦《消息》詩刊，為創世紀詩社成員。二十五歲開始寫詩及散文。八〇年代淡出詩壇，創辦《茶與藝術》雜誌，開創臺灣茶藝文化的先河。曾獲全國優秀青年詩人獎、創世紀詩社二十週年紀念詩創作獎等。

尋找詩的韻律

　　詩的韻律是屬於詩人心靈的聲音，詩的韻律是和詩的內容的自然結合，每一首詩也都能找到屬於自己「內在的韻律」。現在，請你嘗試憑著自然的韻律直覺，尋找出詩的韻律。

　　下面所呈現的〈踢踢踏〉是一首尚未分行的短詩，請你依其韻律來分行，並思考你會用怎樣的聲音來詮釋此詩。

　　　　踢踢踏踏踏踢給我一雙小木屐讓我把童年敲敲醒像用笨笨的小樂器從巷頭到巷底踢力踏拉踏拉踢力

【我的創作】

思考便利貼

進行分行及聲音詮釋之前，請先思考：

1. 本詩的旨趣何在？
2. 本詩可呈現出怎樣的氛圍？
3. 在此氛圍下，可以用什麼樣的聲情去詮釋？

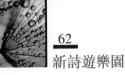

（五）快慢版

為了舒緩或加速句勢，詩人們還有一項妙招：利用短句製造慢板，運用長句形成快板。

1. 短句與慢板

短句是如何製造出慢板的效果？我們用余光中的〈當我死時〉來做說明：

> 當我死時，葬我，在長江與黃河
> 之間，枕我的頭顱，白髮蓋著黑土
> 在中國，最美最母親的國度
> 我便坦然睡去，睡整張大陸
> 聽兩側，安魂曲起自長江，黃河
> 兩管永生的音樂，滔滔，朝東
> 這是最縱容最寬闊的床
> 讓一顆心滿足地睡去，滿足地想

在前四行中，作者巧妙地運用六個逗號插入詩行，把長句子斷開，且順應語勢，將其中三句作跨行處理，使得詩句不斷地被迫停頓，而這種停頓無形中舒緩了句子的節奏，倒把一種恬靜安詳的情懷給傳遞出來。這種慢板的節奏控制，即得之於簡短的句式。

至於這首詩下一段（末四行），其語調語氣與前面一脈相承。這一段詩的氛圍，同樣是舒緩平和的，譬如唸到「聽兩側」、「滔滔」、「朝東」這三個短句時，速度會自然而然地放慢下來。

為了配合情緒的改變，韻腳由原先短促的聲音（顱、土、度、陸）改為較悠揚洪亮的聲音（江、床、想），這種悠長的韻味特別適合於作夢人滿足的睡去，寧靜的懷想，從而使這一段慢板節奏平添一份悲戚的情思。

2.長句與快板

　　相對慢板而言，反而藉用長句逼使讀者必須用一口氣唸完全句，於是不得不加快速度，因此反而造成了急促感。如余光中的〈唐馬〉：

驍騰騰兀自屹立那神駒　　　　　　　你豈能踢破這透明的夢境
刷動雙耳，驚詫似遠聞一千多年前　　玻璃碎紛紛，突圍而去？
居庸關外的風沙，每到春天　　　　　仍穹廬蒼蒼，四野茫茫
青青猶念邊草，月明秦時　　　　　　胥樂無聲，五單于都已沉睡
關峙漢代，而風聲無窮是大唐的雄風　沉睡了，眈眈的弓弩手射鵰手
自古驛道盡頭吹來，長鬃在風裡飄動　窮邊上熊覷狼覰早換了新敵
旌旗在風裡招，多少英雄　　　　　　氈帽壓眉，碧眼在暗中窺
潑刺刺四蹄過處潑刺刺　　　　　　　黑龍江對岸一排排重機槍手
千蹄踏萬蹄蹴擾擾中原的塵土　　　　筋骨不朽雄赳赳千里的驊騮
叩，寂寞古神州，成一面巨鼓　　　　是誰的魔指冥冥一施蠱
青史野史鞍上鐙上的故事　　　　　　縮你成如此精巧的寵物
無非你引頸仰天一悲嘶　　　　　　　公開的幽禁裡，任人親狎又玩賞
寥落江湖的蹄印。　皆逝矣　　　　　渾不聞隔音的博物館門外
未隨豪傑俱逝的你是　　　　　　　　芳草襯蹄，循環的跑道上
失群一孤駿，失落在玻璃櫃裡　　　　你軒昂的龍裔一圈圈在追逐
軟綿綿那綠網墊子墊在你蹄下　　　　胡騎與羌兵？不，銀杯與銀盾
一方小草原馳不起戰塵　　　　　　　只為看臺上，你昔日騎士的子子孫孫
看修鬣短尾，怒齒復瞋目　　　　　　患得患失，壁上觀一排排坐定
暖黃冷綠的三彩釉身　　　　　　　　不諳騎術，只誦馬經
縱邊警再起，壯士一聲唿哨

　　自「潑刺刺」至「成一面巨鼓」，這些句子表面上看是三句分行，其實分解開來，是由十個短句構成。由於字多，誦讀時需一口氣完成，於是逼出了短暫、急促、奔馳、跳脫的節奏感，完全與詩中描寫的對象「唐馬」吻合。

如果依照詩句原來的斷句分行呈現，請你唸唸看，讀誦起來是不是反而變舒緩了？

潑刺刺／四蹄過處／潑刺刺／千蹄踏／萬蹄蹴／擾擾／中原的塵土／叩／寂寞古神州／成一面巨鼓

長句節奏快，短句節奏慢，最慢的則是一句一字，這種效果由蕭蕭的〈孤鶩〉更可以得到證明：

　　門關著。路之最遠的那點，雲天無言無語落下

　　我的清淒漸漸是

余光中曾說過：「節奏是詩的呼吸，影響節奏最大的是句法和語言。」這段話由以上的例子可以獲得最好的詮釋。

（六）押韻

雖然新詩並沒有押韻的規定，甚至於胡適提倡「八不主義」之初，還以「不押韻」為口號；但自《嘗試集》開始，就不曾完全拒絕押韻；只是順其自然，隨機處理，唯求做到情與韻協，韻隨情轉。如楊牧的〈微微有雨〉：

微微有雨我將牢記
有雨微微飄落晚夏的蘋果樹
等待收穫的耐心即刻成熟
然而一時疏忽聽任它蒂落在地
有雨微微飄落在放逐的心裡

微微有雨不可逼視
有雨微微打在剝復否泰的石牆上
歲月的斑紋在風中掩藏

如今我讓靜默建設思想的圍城
有雨微微飄落在搶攻的敵陣裡

微微有雨若即若離
有雨微微叩問疲憊的大地
白日的金鼓和夜晚的刁斗
忽然間四面豎起決戰的雲梯
有雨微微紀念今日焚燒成廢墟

第一段之中，有兩三種不同的韻類相互交錯間雜，頗具交響效果。「雨、記、即、一、蒂、地、裡」為一組，「落、穫」與「樹、熟、疏、忽、逐」則為另兩組。

這首詩除了在句式上用「微微有雨」、「有雨微微」這一組「迴文」式的句構，以復遝的方式在每一段與各段間不斷重複出現，造成了蘊藉深情而又綿綿不絕的蒼涼感之外，它的押韻不只限於句末，往往也穿插於句中、行中。短短十五行詩，出現如此繁麗的音段，楊牧於聲律的要求，可見用心。

新詩押韻不限於句末，也可以在句中隨興運用，此外還可以使用復韻技巧，以增加變化。所謂「復韻」是同一韻腳的不斷重複，類似於復遝中同一物象同一意象乃至同一語型的重複。由於韻腳有連環、連結加深印象記憶的功能。巧妙地採用復韻，除了可在旋律上增加纏綿的美感與快感外，更由於韻腳前的字意關聯，往往起到純旋律所不及的另一效用。譬如前面引用過的〈鄉愁四韻〉（本章，頁56），第一段即重複使用「水」、「味」兩字為韻腳。但是韻前的「一瓢」、「酒」、「醉酒」及「鄉愁」所賦予的意涵，則深化了聲韻為讀者所帶來的觸動——由酒而醉酒而鄉愁，致使最後一句的「給我一瓢長江水啊長江水」和第一句的「給我一瓢長江水啊長江水」的感情濃度顯然已有所不同。如此，復韻的使用則不至於令詩情呆滯。

（七）摹聲

　　摹聲應該是最直接的聲音呈現，如前面提到的〈狼之獨步〉（本章，頁53）便以「颯颯的」、「颯颯颯颯的」狀聲詞模仿淒緊又殺氣騰騰的風聲，聲效逼真。鄭愁予的〈錯誤〉應是另一範例：「我達達的馬蹄是美麗的錯誤」，「達達的馬蹄」於焉永恆地敲擊在中國讀者的心上了。余光中的〈踢踢踏〉則藉著「踢力踏拉／踏拉踢力／踢踢踏／踏踏踢」之聲，一路由巷頭響到巷尾，是「摹聲」技法在新詩創作中製造音效以及童趣的另一佳作。

踢踢踏
踏踏踢
給我一雙小木屐
讓我把童年敲敲醒
像用笨笨的小樂器
　　從巷頭
　　到巷底
　　踢力踏拉
　　踏拉踢力

踩了蹬
蹬了踩
給我一雙小木拖
童年的夏天真熱鬧
成群的木拖滿地拖
　　從日起
　　到日落
　　踩了蹬蹬
　　蹬了踩踩

踢踢踏
踏踏踢
給我一雙小木屐
童年的夏天在叫我
去追趕別的小把戲
　　從巷頭
　　到巷底
　　踢力踏拉
　　踏拉踢力

踢踢踏
踏踏踢
給我一雙小木屐
魔幻的節奏帶領我
走回童年的小天地
　　從巷頭
　　到巷底
　　踢力踏拉
　　踏拉踢力

（八）標點符號

標點符號既具斷句的功能也可以間接的表達情緒，並營造出節奏感，是創作新詩時不可忽視的工具之一，所以適當的運用標點符號可以令詩增色。如林泠的〈阡陌〉：

你是縱的，我是橫的
你我平分了天體的四個方位

我們從來的地方來，打這兒經過
相遇。我們畢竟相遇
在這兒，四周是注滿了水的田隴

有一隻鷺鷥停落，悄悄小立
而我們寧靜地寒暄，道著再見
以沉默相約，攀過那遠遠的兩個山頭遙望

（——一片純白的羽毛輕輕落下來——）

當一片羽毛落下，啊，那時
我們都希望——假如幸福也像一隻白鳥——
它曾悄悄下落。是的，我們希望
縱然它是長著翅膀……

其中「（——一片純白的羽毛輕輕落下來——）」是作者內在夢境的表述，既可以作為整首詩的背景意象，更可以作為內在音響。此外，無論是藉逗號斷句，還是用句號束尾，均恰如其分地遞送出了詩旨意涵應有的情韻與節奏，句末的刪節號，則帶引讀者進入一種懸宕、猶疑的心思中，語盡而意不盡。林泠的確

是善於運用標點符號的能手。

　　試看余光中的〈漂水花〉：

在清淺的水邊俯尋石片
你說，這一塊最扁
那撮小鬍子下面
綻開了得意的微笑
忽然一彎腰
把它削向水上的童年
害得閃也閃不及的海
連跳了六、七、八跳
你拍手大叫
搖晃未定的風景裡
一隻白鷺貼水
拍翅而去

　　這首詩運用標點符號的地方與種類雖然不多，卻已足以製造畫龍點睛的效果：首先，第二句作者用「，」取代「：」斷句，除了仍保有「：」的作用，說明「這一塊最扁」是「你」說的外，更因這一逗一停，令詩句平添出敘事性的語情，舒舒緩緩地，彷彿有了歲月的味道。

　　一般來說，誦讀詩文時，「。」停頓的時間最長，「，」其次，「、」最短。此處作者用頓號記錄片石掠水而起，那最後、最遠的幾次跳動：「連跳了六、七、八跳」，不僅精確地模擬出了那一跳又一跳的節奏，也生動地重現了海上那「閃也閃不及」的童年記憶。

（九）聲音詩劇

　　最後藉楊牧的〈林沖夜奔〉（第四折）來說明新詩於聲韻的節奏領域所呈現出的華宴：

第四折
雪聲・偶然風、雪、山神混聲

風靜了，我是
默默的雪。他在
渡船上扶刀張望
　　山是憂戚的樣子

風靜了，我是
默默的雪。他在
敗葦間穿行，好落寞的
神色，這人一朝是
東京八十萬禁軍教頭
如今行船悄悄
　　向梁山落草
　　山是憂戚的樣子

風靜了，我是
默默的雪。擺渡的人
彷彿有歌，唱蘆斷
水寒，魚龍鳴咽
還有數點星光
送他行船悄悄
向梁山落草
　　山是憂戚的樣子

風靜了，我是
默默的雪。他在
渡船上扶刀張望
臉上金印映朝暉
彷彿失去了記憶
張望著煙雲：
七星止泊，火拼王倫
　　山是憂戚的樣子

這首詩總分四折，乃以風（雪）、山神（判官小鬼）、林冲（人聲），或獨白、或對白，混聲交替，鋪陳出一場「聲音詩劇」。此處且以第四折為例：每一段都以「風靜了，我是／默默的雪。」起首，以「山是憂戚的樣子」結尾，造成「迴行復遝」的效果。

詩的節奏隨著情緒的變化而更張，而不斷的跨行，又形成了連綿的語勢。整段詩乃因而獨具婉轉之美──即便是〈林冲夜奔〉這樣場景悲壯，情節緊張的詩作，也因此充滿了抒情的底韻，令人蕩氣迴腸。

押韻情形：「了」、「悄」、「草」押韻，「雪」、「色」押韻，「暉」、「雲」、「倫」押韻。

與「摹聲」技巧不同的是，〈林冲夜奔〉所呈現的聲韻樣態更形繁複；它不

只於是單純地描摹某種聲音，而是運用了更多技巧，如迭復、轉化、押韻，甚至於跨行及長短句式的交錯變化，鋪寫出如樂曲般的旋律與節奏感。加上山神、判官、小鬼，乃至於林冲的現身獨白，富於情節的〈林冲夜奔〉自然呈現出了戲劇般的效果，因此我們將之視作「聲音詩劇」也未嘗不可。而讀者也可以因〈林冲夜奔〉的提示，對新詩於聲韻這一領域，作更多的期待與嘗試。

五、聲韻與感覺之間的聯繫

節奏最好要能與詩意吻合，雀躍的心情，自然不同於哀傷的調子，因此，選字時不妨注意「音」與「義」是否貼切。黃永武先生〈談詩的音響〉中曾提到兩個觀念，一是「喉牙舌齒唇五音，自有高下洪纖的差別，須講究其興會與音響的和諧」，二是「韻腳的音響各有特色，可以將情感強調出來」。前是指聲母，發音部位不同，則有不同的概念；後者是指韻腳，不同的語根寓有不同的深意❸。

五音部分，在此引錄王了一《漢語史稿》第四章，提供讀者參考：

> 有一系列的明母字（唇音）表示黑暗或有關黑暗的概念，例如暮、墓、幕、霾、昧、霧、滅、慢、晚、茂、密、茫、冥、蒙、夢、盲、眇。
> 有一系列的影母字（喉音）是表示黑暗和憂鬱的概念，例如陰、暗、蔭、影、曀、翳、幽、奧、杳、黝、隱、屋、惺、煙、哀、憂、怨、冤、於邑、抑鬱。
> 有一系列的日母字（半齒音）是表示柔弱軟弱的概念，例如柔、弱、荏、軟、兒、蕤、孺、茸、韌、蠕、壞、忍、辱、懦。

至於韻類，則可參見劉師培在《正名隅論》創立的條例：

> 之類的字，多有「由下上騰」、「挺直」之義

---

❸以下引自黃永武：《中國詩學‧設計篇》（臺北：巨流，1978），頁155、174。

支類脂類的字，多有「由此施彼」、「平陳」之義

歌類魚類的字，多有「侈陳於外」、「擴張」之義

侯類幽類宵類的字，多有「曲折有稜」、「隱密斂縮」之義

蒸類的字，多有「進而益上」、「凌踰」之義

耕類的字，多有「上平下直」、「虛懸」之義

陽類東類的字，多有「高明美大」之義

侵類東類的字，多有「眾大高闊」、「發舒」之義

真類元類的字，多有「抽引上穿」、「聯引」之義

談類的字，多有「隱暗狹小」、「不通」之義

六、「連爺爺，您回來了！」

連戰訪問大陸，后宰門的童言童唱，將所有中國人的記憶，引逗回了早期朗誦詩流行的時代：那種誇張的抒情，現場親聆不免受到渲染而感到激動，事後思之則不覺莞爾。事實上，當年是為了宣傳對日抗戰，為了教育、激勵群眾愛國的情操而發展出朗誦詩。例如臧克家的〈向祖國〉、田間的〈她也要殺人〉、艾青的〈大堰河〉等等，都是抗日戰爭時期為民族存亡而留下的詩篇，其藝術成就或許不高，但其情感卻是真摯而高昂的。既然朗誦詩是用來直接訴諸集會的群眾，只有在群眾中，它才能產生被激勵的效果，激發出屬於群眾特有的熱情。誠如朱自清所說：「適於朗誦的詩或專攻朗誦的詩大多數是在朗誦裡才能見出完整來的。」

由此可以瞭解朗誦詩的基調，雖然朗誦詩有它的特定需要，有它的局限性，在臺灣並未獲得發展，但朗誦活動卻不絕如縷。自紀弦以降一直到余光中等名家，都是朗誦高手，而各級學校也經常舉辦團體以及個人的新詩朗誦比賽。在這種風氣的帶動，及各方努力實驗改進的影響下，詩歌朗誦的技巧逐漸呈現出較高的藝術美感，朗誦隱然已成為文字之外，另一種傳播新詩於大眾的手段。

至於應該如何正確而不過分誇張地朗誦一首詩，至今並無完整而有系統的

理論，只能說各家奇招百出，人人各懷靈珠。不過新詩朗誦的基本技法與原則，不外乎以下二點：

　　1. 詩的誦唸方式：獨誦、合誦、輪誦、疊誦、滾誦

　　2. 新詩的誦唸要訣：

　　　(1)選擇適合朗誦的詩

　　　(2)精準的瞭解詩意

　　　(3)找出適當的聲音

　　　(4)必要時可以配以肢體動作及表情

　　　(5)可適度的配以舞臺背景、燈光、音效

七、結語

　　不論是在詩本身的內容中尋求韻律，還是刻意地利用種種文字具有的聲韻律則追求詩的韻律美，新詩的聲韻問題，可以用艾青的一段話作結：

> 音樂性必須和感情結合在一起，因此，各種不同的情緒，應該有各種不同的聲調來表現。只有和情緒相結合的韻律，才是活的韻律。❹

　　也可以這麼說：新詩可以不講究韻律，但如果要講究這種韻律，在「自由詩」（白話詩或新詩）裡，偏重於整首詩內在的旋律和節奏；而在「格律詩」裡，則偏重於音節和韻腳。這種「內在的旋律和節奏」，便是新詩的音樂美，它不滿足於音樂的外表，追求的是詩人內心的音樂，或者說一種內在的情調。

---

❹請參艾青：《詩論》（北京：人民文學，1980），頁 117。

RAP 與詩

　　透過前文我們瞭解了新詩的韻律，體會了詩歌朗誦的美感，而在西方發展出來的另一種說唱藝術——"RAP"，表演者用唸歌的方式，加入節奏與抑揚頓挫，讓音樂與歌詞聽起來更有韻味。

　　請搜尋瘂弦〈如歌的行板〉一詩，為這首詩編排韻律，並以 RAP 方式唸唸看。你也可以用 MP3 或電腦錄音下來，反覆聆聽，最後請寫下你的感覺。

（請自由發揮）

聽詩人誦詩

　　詩歌透過朗誦，可以傳達出文字之外的藝術美感，很多的詩人也都是朗誦的高手。

◆ 如果有機會聆聽詩人朗誦詩作，你最想聽哪一位詩人的朗誦？

◆ 請上網利用搜尋引擎，以「詩人唸詩」搜尋相關網頁，聽一聽你喜愛的詩人所唸的詩，感受一下這首詩透過朗誦所帶給你的感覺。

◆ 如果換作是你，你將如何朗誦同一首詩呢？

（請自由發揮）

課後練習

1.你知道本單元標題「風與風眼之乍醒」的出處嗎？作者是誰？搜尋一下吧！

    答：_____

(　　) 2.關於新詩的格律，下列選項，何者<u>不正確</u>？　(A)不限字數　(B)不限句數　(C)不講究平仄　(D)不可押韻。

(　　) 3.民歌式的「復迭技巧」在詩歌的創作上很可能造成的影響或效果，<u>不包括</u>下列哪一項？　(A)加深印象或意象　(B)傳達一唱三嘆的情致　(C)營造雄奇的氣勢　(D)造成單調俗氣的感覺。

課間活動 & 課後練習答案解析

發現音尺

它是我│忠誠的│伴侶，
心裡害著│強烈的│鄉思：
它在想著│那茂密的│草原——
你頭上的│濃郁的│烏絲。

它│月光一般│輕輕地
從你那兒│潛潛│走過；
為我把│你的夢境│銜了來，
像一只│緋紅的│花朵！

是不是自然感受到詩的韻律了呢？上面提供的是參考答案而非標準答案，仍然有彈性變化的空間，所以如果你的答案和上面不一樣也不要太緊張，只要自己有感受到這首詩的韻律就行了。

尋找詩的韻律

【符號說明】

字下面有雙線代表四分之一拍
字下面有單線代表半拍
沒有符號的字就是一拍
後面加「─」就是前一字再拖長一拍
「‧」代表附點
（基本上是簡譜的拍子表示法）
空格只是詩的分句分行，沒有節奏的暗示

【詮釋開始】

踢踢踏 踏踏踢 踢踢踏 踏踏踢 踢踢踏
　　　（越來越快）

踏踏踢 （反復3次）

給我一雙小木屐
讓我把童年敲敲醒
像用笨笨的小樂器
從巷頭─ 到巷底─ 從巷頭─ 到巷底─
從巷頭 到巷底 從巷頭 到巷底
踢‧力踏拉 踏‧拉踢力 （反復三次）
　　　（越來越快）

踢力踏拉 （此句極強，之後休息數拍）

踢力 （此句極弱，之後休息數拍）

踏拉 （此句極弱，之後休息數拍）

課後練習

解答

1.出自周夢蝶的〈行到水窮處〉，收錄在《還魂草》。　2. D　3. C

解析

2.新詩可押韻也可不押韻。

Ⅲ 非雨又非花
——新詩的意象

李明慈

✳ 內文提要

在本章我們將思考：

◆ 究竟意象是什麼？

◆ 意象的取材、營造與作用為何？

◆ 如何營造單一與多重的意象？

◆ 意象與主題間有何關係？

一、究竟「意象」是什麼

（一）意象的定義

美術以色彩表達，音樂以音符表達，而詩以文字成意象。「意象」(Image) 是由心中主觀之「意」和外在客觀之「象」結合而成。詩人心中的「意」，必須轉化為具體的物「象」，才能傳達至讀者心中。「意」是心中的情感與思想，屬於內在、抽象的、主觀的、難以測知。而「象」是外有的景物，屬物質、具象、客觀、可直接以感官接觸的。

使用意象語可避免敘述過於直白。例如我們形容大好春光中的花朵，「嬌媚」是主觀的形容，但若能描摹物象，說「山青花欲燃」，紅花勝火的意象不就更見鮮明？

又如唐代劉禹錫的〈春詞〉：「新妝宜面下朱樓，深鎖春光一院愁。行到中庭數花朵，蜻蜓飛上玉搔頭。」這首構思精巧的絕句，表達的「意念」是女子的「寂寞無聊」。但詩中人物未曾發言，作者也不點破，只是獵取景物的鏡頭，摹寫女子完成妝容，下樓入院，行至中庭花徑的過程，鏡頭畫面不斷縮小，凝聚到停駐美麗頭飾上的蜻蜓，「人比花嬌，見賞無人」的幽幽愁緒，自然呈現出來。

古典詩可以運用意象，而新詩更是少不了意象。它是經過詩人審美經驗的篩選，並融入詩人的思想感情，再用語言媒介表現出來的物象，是主觀的意（情思）和客觀的象（景物）的有機融合❶。意象是使詩更迷人、更具文學性的重要元素！

（二）意象形成的過程：「意→言→象→意」

心中的「情意」若要傳達出去，須先發為「語言」。而詩的「語言」須經審美、藝術加工處理，不能過於直白，因此必須託言於「象」，讓觀者能察覺其「意」。而詩中的「象」又須捨去散文中邏輯式的譬喻，自散文邏輯中跳躍出來，這時的

---

❶參見彭華生、白志柔：《語言藝術妙趣百題》（臺北：智慧大學，1994），頁 76。

「象」才屬於詩意的象，令人思之不盡。且將其中轉化的過程，繪圖表示如下：

在詩中，文字的作用不止於直接傳譯，詩人利用「觸發」和「聯想」，營造可感的意象。如寫到：「馬後桃花馬前雪，出關爭得不回頭！」遠行之人騎馬出關，馬之後是春意盎然，繁花似錦，而前方馬行處則是大地鋪雪，相對比的畫面，呈現的「景象」、「物象」，表達出不忍出關遠行，一心眷戀中原的意念，不言可喻！

也就是說詩人將飽滿的情意，凝固想像，呈現物象成畫面，透過觸發和聯想，創造美感印象，於是意象誕生。

（三）寫詩請給出意象

新詩不能只求語句的流暢，倘若缺少了意象的呈現，只能算是鋪陳直敘、流於情意的「說明」而已。詩人向明在《新詩五十問》中提到，常人寫詩容易只注意情意的直接陳述，忽略了藝術手法的運用，和提供可咀嚼、可供流連欣賞的意象內涵❷。

為什麼說詩缺少意象的呈現，便成為情意的說明，而不是藝術的表現呢？因為「意象」不是詩中有畫的視覺效果，不全然是像不像的問題，而是「可感不可感」的問題。

---

❷ 向明：《新詩五十問》（臺北：爾雅，1997），頁 105。

　　詩人心中的「意」，必須轉化為「象」，才能傳達讀者心中。詩人可以藉由讀者，檢視自己所營造的意象是否順利傳達；然而意象的解讀往往依讀者的經驗、視角和體會而有不同的詮釋。如果再加上作者成功的意象經營，那就更豐富了詩的內涵。

　　跟你的朋友玩一玩意象的遊戲。

　　寫一首詩，並先思考你所要表達的「意」。把詩給你的同學或朋友，讓他們猜一猜你所要表達的「意」是什麼。（請自由發揮）

【詩創作】	
【我預期讀者所體會的「意」】	
【朋友（一）的回饋】	【朋友（二）的回饋】
【我的想法與發現】	

以下先看英國文學大師亞瑟・賽門斯 (Arthur Symens, 1865～1945) 的作品
——〈夢裡的愛情〉❸：

　　躺在我的硬板床上
　　耳邊傳來雨滴聲
　　雨打在閣樓屋頂上
　　我感到既冷又苦

　　躺在我的硬板床上
　　我的心帶著歡欣的狂放
　　聽到她穿透夜半的呼喚
　　當我鎮夜清醒地躺著時

　　躺在我的硬板床上
　　我看到她那一雙明眸閃閃發光
　　她微笑，她說話，我的世界夫復何求
　　夢境中世界又再度出現

「躺在我的硬板床上」引出的敘述多於抒情、說明多於表現。一二段更近似散
文式的直接陳說，顯然此詩的說白多於具體意象的表達。

　　同樣以戀情為題材，法國的波特萊爾 (Charles Pierre Baudelaire, 1821～
1867) 採用了另一種表達方式，以下是他的作品——〈貓〉❹：

　　來，我美麗的貓咪，走向我愛戀的心；
　　收起你腳上的爪子，

---

❸張春惠譯。

❹張郁淳譯。

讓我沉溺在你美麗的眼眸中，　┐
那和著金屬與瑪瑙的眼珠。　　┘ 視覺

當我的手指悠閒地愛撫　　　┐
你的頭和柔軟背脊，　　　　│
而我的手陶醉在這份愉悅　　│ 觸覺
觸摸你帶電的身體時，　　　┘

我就幻見我的女人。她的眼神，
如你，讓人迷戀的動物
深邃又冷冽，鋒利又銳刺宛如鏢，

從腳到頭，
一股微妙的氣息，危險的香氣
飄盪在牠棕色身軀的四周。

波特萊爾運用了象徵、比喻、暗示、聯想的手法，將貓與女人的意象合一。以貓聯想女人，美眸身段是其特性。

用視覺寫眸子目光、以觸覺寫身段，意象豐富。意象充分投射後，較〈夢裡的愛情〉有更多美感。

有人說意象是文學與非文學的分界線，比較〈夢裡的愛情〉與〈貓〉，可發現有意象的詩更耐人尋味，這種間接表現的手法，可說是使人領略到詩歌之美的重要成因。

（四）詩需要意象的經營技巧

散文的表現手法比較舒緩，直寫形貌可以不運用意象，例如這麼描寫女人：「她有一張比別人更俊俏的臉，圓圓的眼，紅紅的兩頰，加上性感的嘴唇，真是獨一無二，美得令人無法形容；還有一種只有她自己知道的神祕感。」這段

文字對一位女子作了素樸的狀描，簡單直白點到女子的五官及神祕感，雖然乾淨但缺乏具象及細膩的描摹，無法給人留下深刻的印象。

　　同樣寫女人，周芬伶的〈汝身〉運用譬喻的技巧，說道：「她的鵝蛋臉在別人身上是平庸，在她的身上即是俊俏。她的杏眼桃腮和飽滿稍闊的嘴脣都是獨一無二。但是這些也只能形容她百分之一千分之一的美，她有一種精神的美模糊不定的神祕感，只有她能感覺。」將女子的形貌，以鵝蛋臉、杏眼桃腮為喻依作了形象的處理，但對女子之美的形容，也僅止於此，無法提供更豐富的聯想空間，相較於詩，這就是散文式的表現手法。

　　散文可以直寫形貌而無意象，但新詩卻利用意象，有機地統合整首詩，表現詩趣，詩因此得以不流於說明化，文字也並非只是交待過場。而詩如何運用意象寫女人呢？以洛夫的〈論女人〉為例：

既非雨又非花

既非霧又非畫

既非雪又非煙

既非燈又非月

既非秋又非夏

有時名詞有時動詞

有時房屋有時廣場

有時天晴有時落雨

有時深淵有時淺沼

有時過程有時結局

有時驚嘆有時問號

說是水，她又耕成了田

說是樹，她又躺成了湖

說是星，她又結成了鹽

說是魚，她又烤成了餅

說是蛇，她又飛成了鷹

詩人以「既非……又非……」、「有時……有時……」、「說是……她又……」的句型組成各段重心，用客觀事物經營出「女人」的矛盾性格。內容方面，利用「雨、霧、雪、燈、秋」與「花、畫、煙、月、夏」相互對照，呈現出女人多變又令人驚喜，使人愛戀又捉摸不定的特質。

　　此詩運用的文字雖少，卻能放射出極豐富多元的語義，屬於詩的表現手法。其中切斷散文語言的邏輯連結，隱去連詞、轉折詞，大量使用人物、物象、事

象等不同意象的排列呈現，使讀者直接騰躍於自由聯想的領域，作者只負責提供「象」，任憑讀者自由作「意」的連結，擁有再詮釋的權利，而詩的意涵也更形豐富。

二、意象面面觀

詩人蕭蕭曾說：「所謂詩句，不是觀念詞，而是意象語。」有人說：「文學是哲學的戲劇化。」文學固然可以哲學為內涵，但在表現技巧上卻不妨運用一些戲劇化的呈現，靈活地展現讓人激賞的文字演技。以下就依取材的元素，表現的技巧，將常見的意象由不同層次作一討論。

（一）由客觀事物取材

在意象的取材方面，詩人會以客觀事物表達自己主觀情思，從而達到象徵或暗示的作用。以下且舉三首詩為例：

1.自然取材：陳黎〈海的印象〉

擠　擠
去　來

把偌大一張滾白的水藍被子

與她的浪人

那蕩婦，整日

儘纏著見不得人的一張巨床

你會如何描摹海呢？海水與浪均是外在客觀之象，此首詩中，作者取用客觀事物表達自己主觀情思，海如蕩婦，浪如浪子，海水與浪的激盪，有了兩性糾纏的象徵。

陳黎 (1954～　)

本名陳膺文，臺灣花蓮人。國立臺灣師範大學英語系畢業，曾任國中
英語教師，現已退休並專職寫作。曾獲國家文藝獎，中國時報、聯合
報文學獎。著有《親密書》、《動物搖籃曲》、《島嶼邊緣》等詩集；《彩
虹的聲音》、《聲音鐘》等散文集。詩作兼具本土與前衛的多元詩風，
出入寫實及超寫實之間。

2. 人體取材：商禽〈五官素描〉選二

〈眉〉

祇有翅翼
而無身軀的鳥

在哭和笑之間
不斷飛翔

〈眼〉

一對相戀的魚
尾巴要四十歲以後才出現
中間隔著一道鼻梁
（有如我和我的家人
中間隔著一條海峽）
這一輩子是無法相見的了
偶爾
也會混在一起
祇是在夢中他們的淚

　　〈眉〉一詩中，以客觀物象「鳥」喻眉；翅翼之飛翔，形容眉之動作伸展。
區區四行描寫了眉之種種動態，眉之象有人生喜怒哀樂之意，文字極簡生動。
　　〈眼〉一詩中，中年後眼角的魚尾紋漸生，雙目分布於鼻梁兩側，原本屬
尋常之象，但「相戀的魚」、「鼻梁」隱藏了親人情感相依，但乖隔兩地的悲劇
暗示。而藉由眼淚漫漶過鼻梁，象徵家人在夢中相聚，依戀之情得以暫時紓解，
意與象在此合一。

3.器物取材：鄭愁予〈水手刀〉

> 長春藤一樣熱帶的情絲
> 揮一揮手即斷了
> 揮沉了處子般的款擺著的綠的島
> 揮沉了半個夜的星星
> 揮出一程風雨來
>
> 一把古老的水手刀
> 被離別磨亮
> 被用於寂寞，被用於歡樂
> 被用於航向一切逆風的
> 桅篷與繩索……

詩人鄭愁予曾被稱作「永遠的浪子」，詩中水手們四處流離，飄泊無定，本就具有浪漫意味、飄零之感。而「水手刀」是以海為家的水手常備之物，詩中取用此一客觀事物，寫出浪跡天涯者的心情：水手們手中雖然有刀，能夠斬斷家鄉的島，能夠斬斷半夜的星星，甚至能夠揮出一程風雨顛沛的旅程，卻斬不斷深藏心中的鄉情與親情。

（二）由感官知覺營造

意象的營造，可透過人體各種感官知覺，如視覺、聽覺、嗅覺、觸覺、味覺所攝取的事物，以付託情思，表達情意。

1.以視覺取象：商禽〈凱亞美廈湖〉

比水的清冽　　　　　　　　比雲的蒼茫
　　　　更遠的　　　　　　　　　　更遠的
是林木的肅殺　　　　　　　是天的渺漠
比林木的肅殺　　　　　　　比天的渺漠
　　　　更遠的　　　　　　　　　　更遠的
是山的凝立
比山的凝立　　　　　　　　是我的
　　　　更遠的　　　　　　　望　　眼
是雲的蒼茫

清冽的湖水、肅殺的林木、凝立的山崗、蒼茫的雲、渺漠的天，均出自周遭自然的一切，詩人協調這些視覺可觀察到的影像，層遞而出，遠而更遠，營構出遠望凱亞美廈湖時展現的空曠與寂寥之意。

2.以聽覺取象

　　⑴余光中〈踢踢踏〉（節錄）

踢踢踏　　　　　　　　　　踢踢踏
踏踏踢　　　　　　　　　　踏踏踢
給我一雙小木屐　　　　　　給我一雙小木屐
讓我把童年敲敲醒　　　　　童年的夏天在叫我
像用笨笨的小樂器　　　　　去追趕別的小把戲
　　從巷頭　　　　　　　　　　從巷頭
　　到巷底　　　　　　　　　　到巷底
踢力踏拉　　　　　　　　　踢力踏拉
踏拉踢力　　　　　　　　　踏拉踢力

余光中寫女兒奔跑於巷弄玩耍的歡樂童年，取用了孩子腳上那雙小木屐所發出的聲響，「讓我把童年敲敲醒／像用笨笨的小樂器」。全詩以「踢踢踏、踏踏踢」的摹聲貫串，活潑生動。

　　⑵余光中〈當我死時〉（節錄）

　　　　　當我死時，葬我，在長江與黃河

　　　　　之間，枕我的頭顱，白髮蓋著黑土

　　　　　在中國，最美最母親的國度

　　　　　我便坦然睡去，睡整張大陸

　　　　　聽兩側，安魂曲起自長江，黃河

　　　　　兩管永生的音樂，滔滔，朝東

　　　　　這是最縱容最寬闊的床

　　　　　讓一顆心滿足地睡去，滿足地想

取用了長江與黃河的濤聲，隱喻死亡的淒美。「聽兩側，安魂曲起自長江，黃河／兩管永生的音樂，滔滔，朝東」建構了音樂的聽覺比喻。

　3.以嗅覺取象：商禽〈五官素描・耳〉

　　　　　如果沒有雙手來幫忙

　　　　　這實在是一種無可奈何的存在

　　　　　然則請說吧

　　　　　咒罵或者讚揚

　　　　　若是有人放屁

　　　　　臭

　　　　　是鼻子的事

藉鼻的嗅覺區別出耳的功能。耳只能聽到咒罵或讚揚，無法聞臭！「放屁」一詞有雙關語意，一則用於聽覺，一則巧妙轉向嗅覺，暗藏反諷意味。

4. 以觸覺取象：波特萊爾〈貓〉

　　例如前述法國詩人波特萊爾的〈貓〉……：「當我的手指悠閒地愛撫 / 你的頭和柔軟背脊，/ 而我的手陶醉在這份愉悅 / 觸摸你帶電的身體時」。這四句就是以觸覺取象，進行對女子胴體的描述，及身體接觸的觸電感。（全詩請參見「一、究竟『意象』是什麼」㈢寫詩請給出意象）

5. 以味覺取象：陳黎〈海岸詠嘆〉

　　那時我們對海的記憶如沙灘上的沙粒那般豐富，走下南濱堤防，我們就成為一隻螞蟻，要走很久很久很久才到達海。多麼寬闊的沙灘啊，你說。你看見海岸以優美的夢的弧度，圍繞著你生長的小城。你只是一個小孩，跟螞蟻一樣大的小孩。那藍色的海鐵定是一塊藍色蛋糕，但你不敢說它是什麼口味或質料，因為每天它總是翻轉出不同藍色，不同風貌，神的食譜比海還大本，它蛋糕的配方，種類比沙灘上的沙粒還多。那些翻白的浪，當然是神的唾液了。你每天都想偷偷搬運一點回去，但無能為力，因為那甜色蛋糕，但你不敢說它是什麼口味或質料，蜜是太重的負荷。讓它留在海岸吧，你說，一塊永遠讓神，讓人，讓小如螞蟻的你垂涎三尺的公開的蛋糕。

詩人回憶童年時的海岸魅力。沙灘的沙粒有如方糖，富含甜美之感；而藍色的海如不知是什麼口味或質料的藍色蛋糕，神的食譜比海還大本，生活於花蓮海岸的作者，以味覺連結海洋，營造出海的多樣面貌，讓人覺得海洋及沙灘是極為可口的，亦象徵著甜蜜豐美的回憶。

（三）由場景氛圍作用

唐人王之渙的〈登鸛雀樓〉首二句：「白日依山盡，黃河入海流」，即透過自然場景之「象」經營出一種氛圍，來傳達後兩句「欲窮千里目，更上一層樓」的「意」。新詩也常經營一個場景，一種氛圍，以引發某種內在情思，使情意迴盪其間，觸發讀者聯想。例如詩人楊華 1926 年所寫的〈小詩五首〉：

〈之一〉
人們看不見葉底的花，
已被一雙蝴蝶先知道了。

〈之五〉
人們散了後的秋千，
閒掛著一輪明月。

詩人勾勒出場景氛圍，以具象的人、事、物演示了抽象感覺。〈之一〉表達的思維是春天的感覺，它運用的場景氛圍是撲花蛺蝶，春江水暖鴨先知，而綠葉遮掩的春花，亦早被翩翩飛舞的一對蝶兒探知。〈之五〉中繁華熱鬧散盡後冷清與寂寞的意念，是以院中閒置的秋千，掩映的明月來做場景氛圍的鋪陳。

楊華 (1906～1936)
本名楊顯達，另有筆名楊花，臺灣屏東人。家境貧困，曾以私塾教師為業。1926 年時應《臺灣民報》徵詩，以〈小詩〉、〈燈光〉分別獲得第二名和第七名，進而踏入臺灣詩壇。1932 年起開始大量發表詩作。1935 年發表〈一個勞動者之死〉和〈薄命〉兩篇小說。曾因「治警事件」被捕入獄，在獄中完成《黑潮集》，人稱薄命詩人，詩風低調，近似哀歌。

思考活動

捷運意象詩

　　「意」是內在的抽象的心意，「象」是外在的具體的物象；「意」源於內心並借助於「象」來表達，「象」其實是「意」的寄託。

　　請由「意」到「象」的歷程，以「捷運」為主題，創作一首詩，並下詩題。

【我的創作】
　　⊙詩題：＿＿＿＿＿＿＿＿＿＿＿＿＿＿
　　⊙內容：

思考便利貼

進行創作前可先思考：

1. 捷運有哪些可運用的「象」?（例如：車票、車站裝置、擁擠的車廂、累到睡著的學生、
上下手扶梯的人們……）
2. 你想要表達的「意」是什麼？並選擇適合表意的「象」。

三、意象的組合

（一）單一意象：以單獨的意象貫串全詩

一首詩中，可以純粹使用單獨的意象貫串全篇，可收意象統一、表達純粹之效。

1.洛夫〈剔牙〉：以對比不同情境的手法呈現

中午
全世界的人都在剔牙
以潔白的牙籤
安詳地在
剔他們
潔白的牙齒

依索匹亞的一群兀鷹

從一堆屍體中
飛起
排排蹲在
疏朗的枯樹上
也在剔牙
以一根根瘦小的
肋骨

藉人中午飯後剔牙此一再自然不過的動作，與依索匹亞飢民死後為兀鷹啃食的慘狀，對比映襯出貧富兩個世界的現實。以殘酷的題材呈現生命餵養的事實，並用反諷手法表達人道關懷。

2.紀弦〈狼之獨步〉：曠野裡獨來獨往的一匹狼

我乃曠野裡獨來獨往的一匹狼。
不是先知，沒有半個字的嘆息。
而恆以數聲淒厲已極之長嗥

搖撼彼空無一物之天地，

　　使天地戰慄如同發了瘧疾；

並刮起涼風颯颯的，颯颯颯颯的：

　　這就是一種過癮。

作者以狼自喻，孤獨但不傷感、消沉，反倒以撼動天地的長嗥代替嘆息，有狼般獨踞山巔、睥睨一切的勇敢氣魄。此詩寫於 1964 年，為紀弦解散「現代派」和停辦《現代詩》一、兩年後的作品，隱含一種自傳的意味。

（二）多重意象：以意象群建構意象組合

元曲中馬致遠的〈天淨沙・秋思〉這麼說：「枯藤老樹昏鴉，小橋流水人家，古道西風瘦馬。夕陽西下，斷腸人在天涯。」看似全為名詞，全為物象，但這一系列的「秋天景象」即是以多重意象，呈現出悲愁孤寂、天涯飄泊者的感傷愁思。檢視新詩中，亦不乏運用多重意象，呈現主題的作品。

以徐志摩〈再別康橋〉為例：

輕輕的我走了，

　　正如我輕輕的來；

我輕輕的招手，

　　作別西天的雲彩。

那河畔的金柳，

　　是夕陽中的新娘；

波光裡的豔影，

　　在我的心頭蕩漾。

軟泥上的青荇，

　　油油的在水底招搖；

在康河的柔波裡，

　　我甘心做一條水草！

那榆蔭下的一潭，

　　不是清泉，是天上虹

揉碎在浮藻間，

　　沉澱著彩虹似的夢。

尋夢？撐一支長篙，

　　向青草更青處漫溯，

滿載一船星輝，

　　在星輝斑斕裡放歌。

但我不能放歌，

　悄悄是別離的笙簫；

夏蟲也為我沉默，

　沉默是今晚的康橋！

悄悄的我走了，

　正如我悄悄的來；

我揮一揮衣袖，

　不帶走一片雲彩。

詩中雖出現多重意象，但其組合卻是協調的。

　　由康河的潺潺流水、康河的黃昏到夜晚，至夕陽到星空的景色，整體意象是康河的旖旎風光。而細部意象，都是柔美而抒情的事物，如「西天的雲彩」、「河畔的金柳」、「夕陽中的新娘」、「波光裡的豔影」等，透露了作者對康河的愛戀，甚至「在康河的柔波裡，／我甘心做一條水草」，想永留於此。

　　另外，此詩援用了古典詩詞常用的意象：雲、柳、夕陽、荇、泉、虹、夢、星、笙、簫。「折柳相送」是古人送別的習俗，故在詩歌中「柳」具有挽留之情，如：「渭城朝雨浥輕塵，客舍青青柳色新」、「今宵酒醒何處，楊柳岸曉風殘月」，皆盡抒離別之痛。而「夕陽」則表達了天邊遊子的孤寂和飄泊，如：「夕陽西下，斷腸人在天涯」、「浮雲遊子意，落日故人情」，便給人一種淒清、寂寥的感覺。

　　徐志摩這首詩運用了現代與古典的多重意象組合，既表達出離別的不捨，同時也傳達了他獨有的浪漫與瀟灑，為讀者提供了豐富的美感經驗。

徐志摩 (1897～1931)

本名章垿，浙江海寧人。杭州一中畢業後，曾就讀北洋大學預科，1916 年改入北京大學。1918 年赴美留學，並於 1921 年開始寫詩。回國後先後任教於北京大學、清華大學。曾與胡適、梁實秋等創辦新月書店，並主編《新月》月刊。著有《志摩的詩》、《翡冷翠的一夜》、《雲遊》、《猛虎集》等詩集，以及散文集、戲劇等多部。

尋找意象

請以余光中〈碧潭〉為例，尋找詩中的意象。

十六柄桂槳敲碎青琉璃

幾則羅曼史躲在陽傘下

我的，沒帶來的，我的羅曼史

在河的下游

如果碧潭再玻璃些

就可以照我憂傷的側影

如果舴艋舟再舴艋些

我的憂傷就滅頂

八點半。吊橋還未醒

暑假剛開始，夏正年輕

大二女生的笑聲，在水上飛

飛來蜻蜓，飛去蜻蜓

飛來你。

如果你棲在我船尾

這小舟該多輕

這雙槳該憶起

誰是西施，誰是范蠡

那就划去太湖，划去洞庭

聽唐朝的猿啼

划去潺潺的天河

看你濯髮，在神話裡

就覆舟，也是美麗的交通失事了

你在彼岸織你的錦

我在此岸弄我的笛

從上個七夕，到下個七夕

【我的分析】

思考活動

青春大拼盤

　　與你的同學玩一玩意象的遊戲：每個人針對「青春」的主題，腦力激盪，寫下可以入詩的物象五項。其後，彼此交換物象，再將你所拿到的五個物象，組合成詩。（請自由發揮）

【範例】

⊙意象元素：高鐵、汗水、排球、操場、挑染 ＿＿＿＿＿＿＿＿＿＿＿＿＿＿

⊙詩作：

青春是
高鐵
疾駛
而過
不再
回頭
縱然
排球的歡樂
操場的陽光
也留不住它的
風馳電掣
或許
狂放的挑染在
軌跡留下
紅橙黃綠藍靛紫　想證明它曾經
存在
但
歲月這條
腐蝕性強的汗水
祕密緩緩　滲入
鐵軌　消蝕殆盡

（中山女高　方瑜）

【我的創作】

四、意象與主題

（一）相同的意象可以表達多元的主題

　　同一取材的處理可以表現不同的風格。如蘇紹連〈秋之樹〉：「樹們咳嗽咳嗽
而肺葉凋落了／一口濃痰；一口血絲隱現的秋。／樹們的手都握住水；沒握住水
／一滴滴滑落。枯竭。……」以擬人的手法，寫秋日紅葉猶如「咳嗽」，吐出「血
絲」，以雙關語法寫葉片凋零好似「肺葉凋落」。但除此之外，新詩中的「樹」，
還有更深刻的意象，下面將嘗試以「樹」的主題，探討其中取用意象的異同。

1.商禽〈樹〉：透過樹表達失落的痛苦

　　　　　記憶中你淡淡的花是淺淺的笑
　　　　　失去的日子在你葉葉的飄墮中昇高

　　　　　外太空尋不著你頎長的枝柯
　　　　　同溫層間你疏落的果實一定白而且冷

此詩選用源於自然的超現實意象——「外太空尋不著你頎長的枝柯／同溫層間
你疏落的果實一定白而且冷」——超現實的思維，使詩富於巧思，並透過樹表
達失落的痛苦。花、葉、枝、果，有如縱身時空的「樹的聯想」，詩作浮現詩人
潛意識裡的吉光片羽。

2.鄭愁予〈卑亞南蕃社——南湖大山輯之二〉：透過樹表達與自然擁抱之感

　　　　　我底妻子是樹，我也是的；
　　　　　而我底妻是架很好的紡織機，

松鼠的梭，紡著縹緲的雲，
在高處，她愛紡的就是那些雲

而我，多希望我的職業
祇是敲打我懷裡的
　　小學堂的鐘，
因我已是這種年齡——
啄木鳥立在我臂上的年齡。

此詩選自鄭愁予之《五嶽記》，集中之詩均以南湖大山、大霸尖山、玉山、雪山、大屯山、大武山所見的景物為主題。〈卑亞南蕃社──南湖大山輯之二〉是詩人化身為樹的獨白，語言新警，充滿了奇想的擬人手法。「我底妻是架很好的紡織機，／松鼠的梭，紡著縹緲的雲」，極可能詩人見到深山並生的神木，高聳入雲，上有松鼠出沒。第二段「而我，多希望我的職業／祇是敲打我懷裡的／小學堂的鐘」，暗示老樹俯瞰卑亞南蕃社小學的地理位置。以「啄木鳥立在臂上的年齡」之物象，象徵神木已老的意念；並藉「敲」的意象，將「啄木鳥」啄樹幹蛀蟲，與「敲鐘」的聲響動作聯結起來，頗見擬人老樹懷戀童真之想。呈現出擁抱自然，與天人合一的氛圍。

除此之外，詩人舒婷曾透過樹表達女性在愛情中的自覺。在〈致橡樹〉一作中，以喬木與蔓藤的意象對比，展現愛情中平起平坐、不依賴對方的概念。明言愛人若是橡樹，自己則是它身旁的一株木棉，以樹的形象同站在一起，又說不作蔓藤類凌霄花，攀援橡樹的高枝炫耀自己。更以根兒在地下緊握，葉兒相觸在雲端的生長面貌，鋪陳出可分擔風雷，共享虹霓，如此相知相惜但具備獨立人格的意象！末段堅持所愛與足下土地，更展現出不拘泥小情小愛的宏觀視野。全詩透過樹的種種形貌，表達出女性在愛情中的自覺與獨立自主，又是另一種不同風格的展現。

（二）相同的主題可以運用多元的意象

　　面對相同的愛情主題，詩人卻運用不同的意象，傳遞出型態殊異的愛情氛圍，濃淡、虛實、真幻、自然、率真各擅勝場。

1.席慕蓉〈一棵開花的樹〉：以一棵開花的樹為意象表達對愛情的等待

　　　　　　如何讓你遇見我　　　　　　朵朵都是我前世的盼望

　　　　　　在我最美麗的時刻　為這

　　　　　　我已在佛前　求了五百年　　當你走近　請你細聽

　　　　　　求祂讓我們結一段塵緣　　　那顫抖的葉是我等待的熱情

　　　　　　　　　　　　　　　　　　而當你終於無視地走過

　　　　　　佛於是把我化作一棵樹　　在你身後落了一地的

　　　　　　長在你必經的路旁　　　　朋友啊　那不是花瓣

　　　　　　陽光下慎重地開滿了花　　是我凋零的心

一棵開滿花朵的樹，是滿載愛情的象徵。全詩以「樹」為象，表達對愛情的等待、錯過，甚至呈現今昔歲月的蹉跎和對照。但是「人」、「樹」殊途，只求凝眸而不可得，情感虔誠熱烈之外，更帶著悲劇性的預示。

2.林泠〈史前的事件〉：以時空的輻輳描述愛情亙古的存在與追索

　　　　　　愛情絕然是　　　　　　　任何你選擇燃燒的

　　　　　　一樁史前的事件。幾乎　　軀體與魂魄……它們

　　　　　　我能肯定它的發生　　　　最終的昇華之前。甚至

　　　　　　在燧石取火之前

　　　　　　　　　　　　　　　　　　我敢說，神農的稼穡

　　　　　　或是燧木；或是　　　　　是近乎寫意的臨摹，當祂

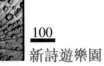

細細地犁，深深地耡
將億萬的種子撒入
那黝黑的、亙古的肥沃——
史前的事件：無疑的
發生在地球的燠燠
之前，冰川的

解凍之前；那是
銀河與星爆的邊緣

沙漠和大海濤……沸騰
枯竭、動盪與割裂

寒冷的邊緣。那時
洪荒的方舟未築
熒惑的小月
未度；這樣匆匆地就開始了

一樁來生的事件。

林泠善用時空的輻輳來為事件定位，所謂「史前的事件」，應是遙遠茫昧又缺乏記載的；若將全詩首尾兩句觀照互看，既直言愛情是「一樁史前的事件」，又是「一樁來生的事件」，這是點題的重要呼應。原來此詩既歌頌了愛情的亙古、久遠與難以確知，又可視為生命起源的謳歌。

詩中的喻辭頗堪玩味。「『燧石』與『燧木』這兩種摩擦後燃燒的動作，予人愛情衝擊與昇華的聯想。」(焦桐語)而鋪陳地球表面的沸騰、枯竭、動盪與割裂，甚或火星別名「熒惑」的引用，不也是精確地比喻和描摹了千古以來，愛情的起伏或生命起源的狀態嗎？

有關於愛情主題的詩作頗多，相較於席慕蓉〈一棵開花的樹〉寫愛情的等待、錯過與癡情，林泠〈史前的事件〉點出愛情綿長久遠的時間感。夏宇在收錄於詩集《備忘錄》的〈愛情〉一詩中，則以拔去蛀牙為意象，寫現代愛情的空洞與短暫。愛看似深刻，但會帶來痛苦，令人除之而後快！詩中蛀牙令人感到痛楚，一如戀愛中的情侶，擁有甜蜜相思之苦，以為拔掉蛀牙即可減去痛苦，但卻帶來失去愛情的空虛及失落，則又是一種另類的意象運用。

(三)相同主題，取用相同意象：虛無的主題，均為鏡子的取象

以下兩首詩同樣以鏡子取象，討論的皆是「存在」的問題，藉鏡子的特質，表達出一種「虛無」的氛圍。

1.陳黎〈世界〉

　　　　每一朵花是一團火
　　　　一面藏匿山光水影，藏匿
　　　　燃燒的慾望的
　　　　祕密的鏡子

　　　　我們在鏡子裡
　　　　我們在鏡子外
　　　　我們在交互映照的重重
　　　　真實與虛幻的花瓣裡

　　　　包藏我們苦惱與哀愁的這個世界
　　　　莫非只是
　　　　另一團看不見的大火的舌尖？

2.蕭蕭〈鏡子兩面〉

〈鏡子（A）〉
發現對面是一片空　　白
無物可照
那晚，鏡子開始懷疑
我，曾經存在嗎？

那些曾經在我心上喜心上怒的
如今又在哪一面鏡子的外面哀樂？

〈鏡子（B）〉
照看外面空無一物

無晴，無雨
無男，無女
無聲，無色
無情，無義

鏡子坦開胸腹手腳，睡了一個大覺

陳黎〈世界〉表面上雖非無慾無求，但鏡子交互映照的，是真實與虛幻的鏡花水月；而蕭蕭〈鏡子兩面〉看似以鏡子的口吻為敘述的角度，但鏡中所見之象「一片空白」，鏡外照看亦是「空無一物」，亦有「鏡花水月總成空」的虛無暗示，兩詩都以鏡為象，反思「存在」的意義。

五、意象的綜合運用

以上介紹了多種意象的種類及變化，某些新詩能將其靈活融合，先以鄭愁予的〈姊妹港〉為例：

> 你有一灣小小的水域，生薄霧於水湄
> 你有小小的姊妹港，嘗被春眠輕掩
> 我是驚蟄後第一個晴日，將你端詳
> 乃把結伴的流雲，作泊者的小帆疊起
>
> 小小的姊妹港，寄泊的人都沉醉
> 那時，你興一個小小的潮
> 是少女熱淚的盈滿
> 偎著所有的舵，攀著所有泊者的夢緣
> 那時，或將我感動，便禁不住把長錨徐徐下碇

姊妹港原指分屬兩地，彼此締結為姊妹關係的港口。但詩中意象豐富，運用晴日氛圍、感官知覺，描寫情愛主題。

全詩的意念不過是一雙迷人、動人的眼睛，此處的姊妹港不是實質的港口，而是蘊含了「眼睛」的意象。將「雙目」比喻為姊妹港，而所謂的「潮」，乃是指眼淚。

意象的拼貼

　　林燿德〈交通問題〉將交通的「象」，隱喻為政治的「意」；夏宇〈愛情〉將蛀牙的「象」隱喻為愛情的「意」。

　　請你利用下面所列的「象」與「意」之素材，強迫組合並創作一首詩。例如：利用左列橡皮擦的象，寫一首表達疏離之意的詩。（請自由發揮）

象		意	
・橡皮擦 　　・化妝品		・愛情	・政治
・101 大樓 　　・藥		・孤獨	・壓力
・籃球比賽 　　・神木		・政治	・冷漠
・珍珠奶茶 　　・藍色		・童年	・疏離

【我的創作】

⊙詩題：＿＿＿＿＿＿＿＿＿＿＿＿＿

⊙內容：

命題一開始，就用「港」的意象來寫眼睛，極其細膩的運用晴日、流雲、小帆，鋪陳出寄情那女子雙眸的人為之沉醉的氛圍。接著運用多重意象寫感情的失落：以「興一個小小的潮」寫「少女熱淚的盈滿」，以「偎著所有的舵」暗示女子雙眸對浪子的吸引力。以「把長錨徐徐下碇」，寫男子情不自禁的向女子「靠岸」。

　　這首詩運用了客觀事物的意象及場景氛圍的鋪陳，同時巧妙運用了感官知覺的意象，多重的取象豐富了整首詩的內涵；「姊妹港」不再是一雙單純的眼眸，而是一樁令人心蕩神馳的愛情故事。

　　而鄭愁予的〈錯誤〉更是綜合意象運用的佳作：

> 　　我打江南走過
> 　　那等在季節裡的容顏如蓮花的開落
>
> 　　東風不來，三月的柳絮不飛
> 　　你底心如小小的寂寞的城
> 　　恰若青石的街道向晚
> 　　跫音不響，三月的春帷不揭
> 　　你底心是小小的窗扉緊掩
>
> 　　我達達的馬蹄是美麗的錯誤
> 　　我不是歸人，是個過客……

　　這首膾炙人口的名作，情境設計的「意念」，起自「我」騎馬走在江南小城的青石板路上，忽逢窗中女子以燦爛的笑容迎接，但她的歡顏瞬間失落，因而不禁揣想起伊人的心情。

　　詩人運用大量的「物象」，並營造了種種的意象跳接。「江南可採蓮，蓮葉何田田」，「蓮花」本為江南代表性花卉。而它「出汙泥而不染，濯清漣而不妖」，也讓人有貞潔、美麗的聯想。首段「那等在季節裡的容顏如蓮花的開落」，「容

顏」指外貌,與「蓮花」二詞均暗示在漫漫歲月中,因等待而悲喜的為一女子。

　　第二段是對事件的詮釋思索。「三月」、「東風」、「柳絮」等物象,除點明季節之外,更是詩中的「意象」語。三月不僅是春天的代表月分,亦有「人生的春天」之意;「東風」不來於外在客觀之象外,有「郎君」不來之意。「柳絮因風起」是客觀的春季之景,而此處「柳絮」不飛,意指「思婦」百無聊賴,或含藏著「情郎音訊全無」。而「城」、「帷」、「窗扉」等物象,均帶有封閉、禁錮、守貞之意;「青石」也有冷硬、寂寞、灰心的意念,均呈現女子的閨怨❺,與寂寞堅貞自守的內在情緒。

　　全詩內在脈絡由景至情:先從「美麗的景」(江南、小城、街道、春帷、窗扉)發端,思婦等待的原是郎君的跫音,但過客帶來的馬蹄聲,卻引發女子「錯誤的情」——高潮就此戛然而止。過客對女子失落的感情亦不免悵然,因為「美麗的錯誤」乃「我」所造成!

六、結語

　　我們可以透過形式、內容、節奏、主題、意象,甚而風格、意境來瞭解一首新詩,但究其特質,「意象」絕對是需要優先考慮的。簡政珍曾說:「意象是詩人透過語言對客體的詮釋。」❻因為缺乏意象的新詩,是枯索不耐閱讀的。新詩的源起可能是一個立意新鮮的意象,而意象也讓新詩在既有的結構或邏輯中脫軌,使不可能的變成可能。它是新詩的必要元素,但運用意象,絕非只是使它變為文字遊戲而已,其中運用之妙,存乎一心❼。

---

❺鄭愁予 2010 年 3 月 30 日至臺南大學演講表示,〈錯誤〉是一首與戰爭有關的閨怨詩,並非少女懷春的情詩。創作靈感來自於戰亂的童年,母親帶他逃難的經驗,深刻體會到女性在戰亂中的閨怨。

❻參見簡政珍:《臺灣現代詩美學——臺灣現代詩理論與批評》,〈意象思維〉(簡政珍網頁資料)。

❼同上。

請用一句話，為意象下個定義：（請自由發揮）

【我的定義】

課後練習

（　）1.余光中〈漂水花〉：「忽然一彎腰／把它削向水上的童年／害得閃也閃不及的海／連跳了六、七、八跳。」請問其中運用了何種意象的類別？　(A)觸覺意象　(B)聽覺意象　(C)視覺意象　(D)嗅覺意象。

（　）2.鄭愁予〈姊妹港〉中說：「你有一灣小小的水域，生薄霧於水湄／你有小小的姊妹港，嘗被春眠輕掩。」此處的姊妹港不是實質的港口，而是何種意象？　(A)流浪　(B)愛情　(C)眼淚　(D)眼睛。

（　）3.閱讀鄭愁予〈錯誤〉一詩，選出正確的解答：
我打江南走過／那等在季節裡的容顏如蓮花的開落／／東風不來，三月的柳絮不飛／你底心如小小的寂寞的城／恰若青石的街道向晚／跫音不響，三月的春帷不揭／你底心是小小的窗扉緊掩／／我達達的馬蹄是美麗的錯誤／我不是歸人，是個過客……
(A)「蓮花的開落」屬於嗅覺描寫　(B)「三月的春帷不揭」呈現女子內心的堅貞寂寞　(C)本詩發生在春日黃昏　(D)意象的運用頗為多元。

課間活動 & 課後練習答案解析

捷運意象詩

〈捷運詩〉

為了通往天堂，我向整排守衛出示贖罪券，它冷冷的應了一聲便打開柵欄。像我這樣的人一一被輸送到地底，天堂不是該往上走的嗎？

一顆顆空洞的眼珠在等候列車，長著白色羽翼的天使都到哪去了？紅色警戒燈開始大叫，這裡根本是地獄，列車從深邃的黑洞中駛來！無數的通口同時打開，我大喊：「不要進去！」聲音卻梗在喉頭。我難受地倒了下來，列車消失在黑洞的口中，裡頭載著整車漠然的罪人（他們身上不都有贖罪券嗎？）突然想起，我忘了上車。跳下月臺奮力向黑暗狂奔，像陷入了童年無法掙脫的惡夢。

一點光線在前方擴大，我撐上月臺，不斷穿越另一張臉，臉，臉，臉，快抵達出口時被守衛攔下，不耐煩地宣判：「請出示卡片。」

（師大附中 趙偵宇）

尋找意象

　　整體來說，這首詩是以各種意象表達了對愛人的思念。

　　先以「青琉璃」比喻閃閃發光的碧潭的新店溪，然後「敲」一字，生動的表達出木槳划動溪面的動作，「敲碎青琉璃」則細膩的描摹出了划槳時的聲音。接著鏡頭便轉向自己，道出「幾則羅曼史躲在陽傘下」，呈現周圍的人都有著甜蜜戀情，成雙成對的意象，對比自己孤獨無伴的寂寞。

　　隨著河水到了下游，引用李清照的「舴艋舟」加以變化，將自己想像成現代的李清照，強烈反映出個人憂傷的沉重，若是小舟再更小一些，那它必定沉於水底。

　　「八點半。吊橋還未醒」可知時間還早，吊橋上的行人不多，沒有人聲的嬉鬧喧譁。「大二女生的笑聲，在水上飛」將笑聲擬化成會飛，營造出了笑聲瀰漫空氣中的氛圍。「飛來你」藉由聽見女學生的笑聲憶起心儀的人，接著「如果你棲在我船尾／這小舟該多輕」呼應前文：小舟增加一人，但憂愁卻少了，以景象顯現心思：憂愁的來源就是見不到所愛的人。

　　將自己與戀人幻想為古代淒美故事中的主人翁西施、范蠡，似乎暗示著兩人愛情的不順與艱苦。同時「看你濯髮，在神話裡／就覆舟，也是美麗的交通失事了」刻劃出眼裡只剩下情人的情感。

　　最後，化身為牛郎與織女，訴說見不到面的痛苦，以一年只見一次面的故事，表達出自己強烈的思念，「你在彼岸織你的錦／我在此岸弄我的笛／從上個七夕，到下個七夕」，同時也表現出自己的癡情，願意一

直等，等戀人的到來，等再見戀人一面。

（中山女高　許秀琪）

課後練習

解答

1. C　　2. D　　3. A

解析

1.連跳了六、七、八跳屬視覺，故選 C。2.
詩人將「雙目」比喻為姊妹港，眼波流轉，
秋水雙瞳，極其美妙，故選 D。3.「蓮花的
開落」屬視覺描寫，故選 A。

Ⅳ 山是凝固的波浪
——新詩的變形

林麗雯

✳ **內文提要**

在本章我們將思考：

◆ 什麼是「圖像詩」？

◆ 圖像詩有哪些表現方式？

◆ 創作圖像詩應留意什麼？

◆ 什麼是「散文詩」？

◆ 散文詩表現出什麼特質？

◆ 散文詩是散文還是詩？

　　新詩以分行為主要表現形式，但也有嘗試改變形態的創作，本章稱之為「詩的變形」。例如具有圖像趣味的「圖像詩」，及以情節鋪陳為主的「散文詩」，均屬此類。如果說波浪似流動的山，那麼山不也似凝固的波浪？新詩的藝術表現，以意象為主，形式為輔。但不論以什麼形式展現，凡已具備新詩條件的文學創作，就可以算是新詩。變形的圖像詩與散文詩擴展了新詩創作的可能，雖不屬創作主流，但也別具一格，值得玩究。

一、圖像詩

（一）圖像詩的別稱

　　漢字的構造特殊，每個字都具備獨立的形、音、義，且無論是字形、字音或字義均自成有機單位：字形有符號的暗示作用，字音有聲音的提示作用，字意則有情感的表示作用。新詩創作自由，因此也就產生更多元的創造趣味，每個字的遣用，可以不只於「表意」一項功能，更可以在「表形」、「表音」上作堆疊、拼貼、混搭、翻轉或留白的嘗試。圖像詩即是這方面的創作，它較分行詩多了視覺功能（甚至是聽覺功能）上的巧思和設計，紀弦說它「是直接訴諸視覺、佔領空間的表現方法。」❶也因此，圖像詩又被稱為「具象詩」、「具體詩」、「具形詩」、「圖畫詩」、「符號詩」等等。

（二）圖像詩的定義

　　林燿德曾說圖像詩是：「利用文字記號系統的具象化表現形式。」❷意近於：「利用漢字的圖像特性與建築特性，將文字加以排列，以達到圖形寫貌的具體作用，或藉此進行暗示、象徵的詩學活動的詩。」❸這一類的詩創作，本來帶著濃厚的遊戲性及實驗性，起初，多表現在「製造詩形的外觀之圖像效果」上；

❶紀弦：〈談林亨泰的詩〉，《現代詩》第 14 期，頁 66～67。
❷林燿德：《不安海域》（臺北：師大書苑，1988），頁 45。
❸丁旭輝：《臺灣現代圖像詩技巧研究》（高雄：春暉，2000），頁 1。

之後，開展出新的「聽覺戲耍和視覺戲耍」的形態❹；繼而，因著電腦動畫的成熟，更形成多重感官交疊的藝術表現模式。它的趣味性、遊戲性日強，感官刺激性日增，彷彿將平面的、文字的詩帶領進入立體的異次元，可說是詩文化的劃時代轉變。事實上，圖像詩的產生，是以突破文字固有局限作設想的，所以，發展到極致，甚至非文字的符號，也可以是構成圖像詩的主要元件。所以，凡以符號、圖案或文字，組合構築成有機的圖像效果，能進行視覺、聽覺的暗示或象徵的創作，均可視之為圖像詩。

（三）圖像技巧的應用

廣義來說，圖像詩包含了兩種模式：一是傳統的圖像詩——就是將符號、圖案或漢字加以排列建築，或直接使用符號、圖案或漢字的形貌，對事物進行暗示或象徵的詩。二是類圖像詩——就是在一首詩中作局部的圖像表現，以達到對事物進行部分暗示或象徵的詩。

（四）古代的圖像詩

古代的回文詩、寶塔詩等，都是在圖像上製造巧趣的詩，可以說是古人的圖像詩。例如吳敬梓《儒林外史》中的一首寶塔詩（請見圖一）：

<pre>
        呆
       秀才
      吃長齋   也
     鬍鬚滿腮   心   可
    經書揭不開   ☆
   紙筆自己安排
  明年不請我自來   清   以

   （圖一）   （圖二）
</pre>

❹焦桐：《臺灣文學的街頭運動——一九九七～世紀末》（臺北：時報，1998），頁 64。

這首詩形狀似座塔，所以叫單寶塔詩，更有雙寶塔詩和三寶塔詩，甚至還有倒影的寶塔詩。不外都是在圖像上作趣味的表現。

另有一種頂真連環詩，以圖案的形式排列，需要動腦想想才能讀懂。例如圖二的圖像詩：這五個字可以連成五個句子：「也可以清心；可以清心也；以清心也可；清心也可以；心也可以清。」藉著圖形，製造文字的意趣，是早期漢字遊戲的一種。

（五）臺灣最早的圖像詩

臺灣的圖像詩應開始於詹冰 1943 年創作的〈Affair〉、〈自畫像〉等，很可惜這些作品並未在臺灣發表，未能在第一時間影響臺灣圖像詩的產生。一直到 1965 年，詹冰第一本詩集《綠血球》出版，他的圖像詩才在臺灣詩壇正式出現。之後，林亨泰自 1955 年起，連續發表他的「符號詩」，開始帶動臺灣圖像詩的創作風潮。

（六）圖像詩的各種表現形式

1.字的翻轉或變形

詹冰的第一首圖像詩，就是利用漢字獨立的特性，將之加以翻轉，藉改變角度的文字，誘發讀者作合理而多重的聯結，使意象更豐富。這個創舉，是新詩藝術創作多元探索的先聲。我們試看他的名作〈Affair〉：

男女 4 男女 3 男女 2 男女 1

男女 7 男女 6 男女 5

這首詩先將「男」、「女」二字各作直立與或左或右九十度翻轉，然後將之重組出七種不同模式，用以代表追逐愛情時，男女對待的各種可能情形，下方以數字標示這愛情事件進行的步驟。詩中，所有的鋪陳語言全部被隱去，曖昧的愛情事件，全部隱藏在翻轉組合過的七組圖像之中：從男女不相識，到妹有情郎無意，到郎有情妹有意，到郎求妹轉意，到緣盡人散去──簡單的圖像，便交待了一切，十分有趣。

詹冰 (1921～2004)

本名詹益川，臺灣苗栗人。曾赴日就讀明治藥專，畢業後回臺擔任藥劑師。早期以日文寫詩，1944 年返臺後，才開始學習中文，費時十年，始能以中文創作詩。1958 年起於中學任教。曾獲洪建全兒童文學獎首獎、教育廳兒童劇本獎等十多項文學獎。著有《綠血球》、《實驗室》等詩集。

2.詩的擬形

　　這是最典型的圖像詩創作方式，即利用漢字的方塊特性，將文字搭建構築成一個整體性的大圖形，讓人一目了然其所象之物。其中的翹楚，就是詹冰〈水牛圖〉：

角　　角

黑

擺動黑字型的臉
同心圓的波紋就繼續地擴開
等波長的橫波上
夏天的太陽樹葉在跳扭扭舞
水牛浸在水中但
不懂阿幾米得原理
角質的小括號之間
一直吹過思想的風
水牛以沈在淚中的
眼球看上天空白雲
以複胃反芻寂寞
傾聽歌聲蟬聲以及無聲之聲
水牛忘卻炎熱與
時間與自己而默然等待也許
永遠不來的東西
只
等待等待再等待！

這首詩最令人驚豔的，就是水牛頭部的圖像處理。兩個「角」字的字形，恰好構成「角質的小括號」；而小括號中間的「黑」字，其形貌正神似一張臺灣水牛黎黑的臉，框中那兩個小點也酷似水牛「沉在淚中的眼球」，只此三字，水牛的神態幾已表盡。而後列的詩句，特別布置為水牛的身軀，四肢一尾，既模擬了水牛的全形，也同時在詩文中順道補述水牛勞苦和等待的沉穩性格。全詩寫牛實則寫人，更或者是作者的自況。但凡見過詹冰筆下這頭水牛的，很少人能忘卻牠的神貌。

再以林燿德〈靈魂的分子結構式〉為例：

上帝放下連接濾嘴的半截煙靜靜翻開天堂百科第六六六頁

「靈魂的分子結構式」：撒旦撒旦撒旦撒旦撒旦撒旦撒旦

人類靈魂渴望十字架的救贖，然而構成這十字架的分子，竟是撒旦！多駭人的發現，多驚悚的真相。十字架裡，布滿撒旦，人類的靈魂結構是如此的表裡不一，荒誕矛盾！這個圖像構圖、用字均甚精簡，然而撞擊力卻極強。

3.字形圖像的運用

　　文字是線條的組合，漢字的構造中，象形字本就是直接描繪物貌的符號；但除了象形字外，其他文字的線條外觀，偶因書寫筆劃的關係，所產生特殊的字形圖像，可與詩義互相彰顯，創造整首詩的視覺巧趣，詩人也會取而用之，作為圖像詩的視覺元素。

　　以詹冰〈山路上的螞蟻〉為例：

```
螞蟻    螞蟻    螞蟻    螞蟻    螞蟻    螞蟻
螞蟻    螞蟻    螞蟻    螞蟻    螞蟻    螞蟻
螞蟻    螞蟻    螞蟻    螞蟻    螳蟻    螞蟻
螞蟻    螞蟻    螞蟻    螞蟻    螂蟻    螞蟻
螞蟻    蝴蟻    螞蟻    螞蟻    的蟻    螞蟻
蟻蝶    蝶蟻    螞蟻    蜻蟻    大蟻    螞蟻
螞的    螞蟻    螞蟻    蜓蟻    腿蟻    螞蟻
螞翅    螞蟻    螞蟻    的蟻    螞蟻    螞蟻
蟻膀    螞蟻    螞蟻    眼蟻    螞蟻    螞蟻
螞蟻    螞蟻    螞蟻    睛蟻    螞蟻    螞蟻
蟻      蟻      蟻      蟻      蟻      蟻
```

「螞」、「蟻」二字本都是形聲字而非象形字，「馬」和「義」是聲符而不是形符，但在這首詩中，作者彷彿看到這兩個字的外形線條結構，以橫筆居多，配上「虫」部，將「螞」、「蟻」二字上下並列，就已具備了螞蟻節肢繁複的外形特點；若再將它重疊六次，累疊成串，更像極了螞蟻雄兵的實際陣仗；而左一排、右一列，那七手八腳的樣子又更加傳神了。這首詩無甚深意，但取材的巧妙，字形圖像的運用，足以稱絕，螞蟻們合作無間搬運食物的鮮活景象，躍然紙上。

思考活動
圖像詩趴趴走

　　圖像詩的遊戲策略，除了一般詩所呈現的聽覺的戲耍外，更包含了視覺的戲耍，並嘗試以視覺暗示展現詩意。請以交通網路方式構形，完成一首圖像詩。（下圖僅供參考）

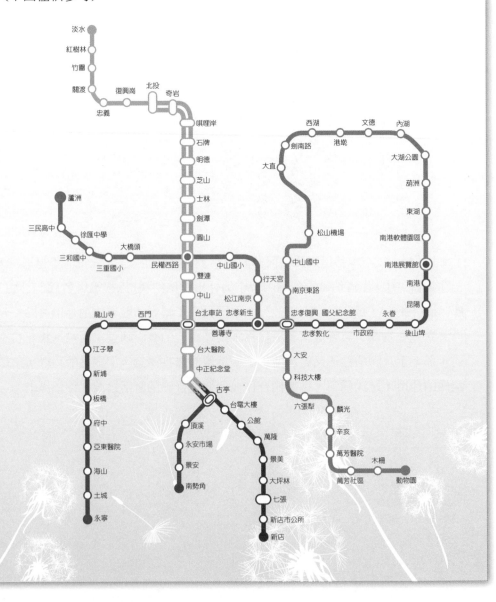

【我的圖像詩】

思考便利貼

創作之前，請先思考，交通網路可以傳達出怎樣的意涵？（如：愛情、挫折、人生等）可自訂主題並命名。

再以陳黎〈戰爭交響曲〉為例：

兵兵兵兵兵兵兵兵兵兵兵兵兵兵兵兵兵兵兵兵
兵兵兵兵兵兵兵兵兵兵兵兵兵兵兵兵兵兵兵兵
兵兵兵兵兵兵兵兵兵兵兵兵兵兵兵兵兵兵兵兵
兵兵兵兵兵兵兵兵兵兵兵兵兵兵兵兵兵兵兵兵
兵兵兵兵兵兵兵兵兵兵兵兵兵兵兵兵兵兵兵兵
兵兵兵兵兵兵兵兵兵兵兵兵兵兵兵兵兵兵兵兵
兵兵兵兵兵兵兵兵兵兵兵兵兵兵兵兵兵兵兵兵
兵兵兵兵兵兵兵兵兵兵兵兵兵兵兵兵兵兵兵兵
兵兵兵兵兵兵兵兵兵兵兵兵兵兵兵兵兵兵兵兵
兵兵兵兵兵兵兵兵兵兵兵兵兵兵兵兵兵兵兵兵
兵兵兵兵兵兵兵兵兵兵兵兵兵兵兵兵兵兵兵兵
兵兵兵兵兵兵兵兵兵兵兵兵兵兵兵兵兵兵兵兵
兵兵兵兵兵兵兵兵兵兵兵兵兵兵兵兵兵兵兵兵
兵兵兵兵兵兵兵兵兵兵兵兵兵兵兵兵兵兵兵兵
兵兵兵兵兵兵兵兵兵兵兵兵兵兵兵兵兵兵兵兵
兵兵兵兵兵兵兵兵兵兵兵兵兵兵兵兵兵兵兵兵
兵兵兵兵兵兵兵兵兵兵兵兵兵兵兵兵兵兵兵兵
兵兵兵兵兵兵兵兵兵兵兵兵兵兵兵兵兵　兵兵兵　
兵兵　兵兵兵　兵　兵　　兵兵　　　兵兵　兵兵
兵兵　　兵兵　兵　兵　兵兵　　兵兵　　
　兵兵兵　兵兵兵　兵　兵　兵　兵　　兵
兵　　　兵兵　　　兵　　兵　兵　
　兵　兵　　兵　　　兵　　兵
　兵　　　　　　　　　兵

乒乒乒乒乒乒乒乒乒乒乒乒乒乒乒乒乒乒乒乒
乒乒乒乒乒乒乒乒乒乒乒乒乒乒乒乒乒乒乒乒

```
丘丘丘丘丘丘丘丘丘丘丘丘丘丘丘丘丘丘丘
丘丘丘丘丘丘丘丘丘丘丘丘丘丘丘丘丘丘丘
丘丘丘丘丘丘丘丘丘丘丘丘丘丘丘丘丘丘丘
丘丘丘丘丘丘丘丘丘丘丘丘丘丘丘丘丘丘丘
丘丘丘丘丘丘丘丘丘丘丘丘丘丘丘丘丘丘丘
丘丘丘丘丘丘丘丘丘丘丘丘丘丘丘丘丘丘丘
丘丘丘丘丘丘丘丘丘丘丘丘丘丘丘丘丘丘丘
丘丘丘丘丘丘丘丘丘丘丘丘丘丘丘丘丘丘丘
丘丘丘丘丘丘丘丘丘丘丘丘丘丘丘丘丘丘丘
丘丘丘丘丘丘丘丘丘丘丘丘丘丘丘丘丘丘丘
丘丘丘丘丘丘丘丘丘丘丘丘丘丘丘丘丘丘丘
丘丘丘丘丘丘丘丘丘丘丘丘丘丘丘丘丘丘丘
丘丘丘丘丘丘丘丘丘丘丘丘丘丘丘丘丘丘丘
丘丘丘丘丘丘丘丘丘丘丘丘丘丘丘丘丘丘丘
```

「兵」、「乒」、「乓」、「丘」四個字字形十分近似，作者取之來摹寫戰爭。起初，先以羅列的「兵」字，象徵兩軍開戰。中期，士兵或者右殘成「乒」，或者左殘成「乓」，乒乒乓乓，殺伐的代價，是死傷無數。最後，殘者寥落，亡者成「丘」，高高的丘墳中，堆疊的是原來在沙場上奮戰的士兵。戰爭的殘酷，在「兵」、「乒」、「乓」、「丘」四字的變化之中顯露無遺。

另外，「兵」、「乒」、「乓」三個字又是雙脣音，若將這三字反覆誦讀，彷彿兵器撞擊的聲音，讓兵馬雜沓的戰爭場面，更壯之以聲勢。而「丘」字，若以氣音發聲，竟酷似秋風蕭颯之聲，好似為戰爭的殘酷結局唏噓嘆息。詩人取材神妙，在形、音、義三方面的處理，無一字不呈現「戰爭」的實況；而在視聽的效果上，同時譜奏出震撼人心的悲壯「交響曲」。

4.字與圖像結合

圖像詩的嘗試無所不可，甚至文字不必是詩裡的唯一元素。「取象表意」不必完全以文字來進行，直接取用圖像與文字混搭，也可以創造出新奇的意象，出人意表，增添不同的想像趣味。

以夏宇〈失蹤的象〉為例，此詩節錄王弼〈周易略例〉部分文字作為詩文

主體:「言者所以明象,得象而忘言;象者所以存意,得意而忘象。……存言者,非得象者也;存象者,非得意者也。象生於意而存象焉,則所存者乃非其象也;言生於象而存言焉,則所存者乃非其言也。然則,忘象者,乃得意者也;忘言者,乃得象者也。得意在忘象,得象在忘言。故立象以盡意,而象可忘也。」這是王弼闡釋「得意忘象」思想的文字。主要意思是說:任何一個象,都是藉以表意的工具。凡依象得意之後,則應忘象,才不致為象所限。

而詩人讓其中所有的「象」字都「失蹤」了,代之以真實的圖像,或貓、或龜、或蛇、或企鵝……,諧趣橫生,使人不得不去注意、去探索詩人使用圖像的意義。詩人特意取用隨機的圖像,來表達「象不盡意」(象無法完全表意)的魏晉玄理,使得本來難懂的玄言,變得生動有趣且可親易解了起來。

5.符號代替文字

圖像詩如果完全抽離文字,會是什麼樣的情形?它仍以文字書寫的概念進行創作,只是讓符號完全取代文字,只倚賴符號的圖像趣味,構築出繪圖性質的畫面。它無法誦讀,只具備視覺的效果,刺激讀者的視覺想像。它是介在繪畫創作與文字創作之間的特殊嘗試。

以陳黎〈雪上足印〉為例:

%
%
%
%

·

·

此詩的「意」藏在題目之中;而此詩的「象」,則取用非文字的符號「%」及「·」

來作布陳安排。「％」是數學符號，「‧」是標點符號，詩人用它們來表示「雪上足印」。「％」像近處的腳印，「‧」像遠去的足跡，或大或小的足印，顯示由遠至近，由近行遠，漸行漸遠漸無跡的圖像。這首詩像一幅安靜的畫，讀者的悵惘之情，被這幾處近近遠遠的足印牽引而出。

6.字與符號結合

　　文字與符號的串接，就像糕點上的雕花裝飾，無害原味，且增加口感。幾處圖像的輔助，不但讓詩的畫面產生不可言喻的增色作用，並且使詩意多出幾處可供聯想的著落點，對於玩味一首詩，有益而無害。

　　以唐捐〈夜釣〉為例：

　　　在波動的湖畔或者腦海
　　　釣著
　　　　　　　　　自己　或者
　　　　　　　　　　　　　魚？

　　　星用眼神逼向你
　　　你把淚水餵給魚
　　　風，將你的髮釀成一朵浪
　　　便有千斤冷壓在你的頭上
　　　你拉緊外衣，繼續昂起一支亢奮的釣竿
　　　釣竿頂端綁著下垂的思緒，在風中擺盪
　　　！　！　！　！　！

　　　魚偶爾跳出水面，卻不咬你的餌
　　　一如記憶中的幻象恆常挑逗著你
　　　你感到委屈，委屈成一尾魚
　　　你仰望弦月，弦月竟鉤住你
　　　千萬匹血球急急衝入你的心臟
　　　一百根睫毛，攔不住半滴眼淚
　　　身後巨大的山影陰暗
　　　陰暗如一種笑聲在水面晃動
　　　你折斷手上的釣竿

　　　？　？　？　？　？　？　？
　　　不再向湖水乞取任何一尾願望！
　　　魚或者自己？
　　　在波動的湖畔垂釣！

　　「？」是疑惑，也像釣鉤；「！」是嘆息，也像魚兒。「？」在上，「！」在下；像高高的釣鉤始終釣不上魚兒，也像滿天的疑問始終不得其解，內心的感嘆猶在風中擺盪。魚鉤垂釣著魚；月鉤垂釣著自己。在波動的湖畔想釣起的，不知是「魚或者自己？」

　　「？」與「！」的圖像，串連成一幅孤寂的「夜釣」圖。

唐捐 (1968～　　)

本名劉正忠，臺灣嘉義人。高雄師範大學國文系碩士，臺灣大學中文系博士。曾任詩刊編輯，也曾任東吳大學中文系助理教授，現任教於清華大學中文系。曾獲梁實秋文學獎、時報文學獎、聯合報文學獎等獎項。著有《意氣草》、《暗中》、《無血的大戮》等詩集；《大規模的沉默》等散文集。並與白靈、向陽合編《中華現代文學大系（貳）：詩卷》。

再以紀弦〈七與六〉為例：

拿著手杖 7
咬著煙斗 6

數字 7 是具備了手杖的形態的。
數字 6 是具備了煙斗的形態的。
於是我來了。

手杖 7 + 煙斗 6 = 13 之我。

一個詩人。一個天才。
一個天才中之天才。
一個最最不幸的數字！
唔，一個悲劇。

悲劇悲劇我來了。
於是你們鼓掌，你們喝彩。

「數字 7 是具備了手杖的形態的。／數字 6 是具備了煙斗的形態的。」數字 "6"
和數字 "7" 合成一個不幸的數字 "13"，也發展成一個人生的悲劇——一個少年

天才詩人被時代埋沒了的悲劇。如今，一個手拿手杖 7，口咬煙斗 6 的老去詩人，只能在這悲劇之中無奈嘆息。

　　詩中 "6" 與 "7" 的圖像趣味和符號意義被充分發揮，取象及表意，層次豐富，引人閱讀。

7. 留白的暗示

　　留白是繪畫的處理技巧，在圖像詩中也具有相同的功效。利用畫面的空白處理，代表空間的切割、轉換、迴圈或延伸。配合文意，讀者可依隨自己的想像，為留白作詮釋，產生再創作的樂趣。

　　以林亨泰〈風景 NO. 2〉為例：

```
防風林　的
外邊　還有
防風林　的
外邊　還有
防風林　的
外邊　還有

然而海　以及波的羅列
然而海　以及波的羅列
```

此詩右側一排六行四言句，在視覺效果上，彷彿真實羅列的防風林一般。詩文中提及的防風林，不需透過聯想，即已示現在眼前，這是詩人特意的圖像處理。

　　隨後，一行留白，暗示空間的延伸，將視線拉往更遠更外之處。在防風林的更遠更外之處就是海了，海浪一波一波推來，形成「海　以及波的羅列」。作者再將末句重複兩次，以產生羅列之感。留白句的左右兩側，各是防風林與海的羅列，這羅列感，只靠著句子的排列，就達到視覺的效果。而當中的留白，充分發揮了切割、轉換、延伸的圖示功能。

8.句的特殊排列

　　漢字的方塊特性，容易製造積木效果。因此將句子作特殊的排列，並非難事。成熟的圖像排列，初不易察覺，推敲之後，往往有令人眼睛為之一亮的功用。它不搶眼，卻有存在的必要價值，可以增加詩文的耐讀性。

　　以林燿德〈我的地球——報導詩學舉隅Ⅶ〉為例：

結束後。請嘆息，悄悄地

全人類的核子戰爭　夢幻般地　我的地球
過去。請嘆息，悄悄地　啊
我將離開你
叫我悱惻的　悲喜　我的戀人
過去是多麼親愛　最後的告別之後，我

看到你藍色的瞳　環繞　不再
看到你白色的兩極　哀愁地哭泣　不再
我是你最初也是　憂鬱地嘶嚎　最後
唯一的伴侶　注視
一切已經成為永恆的過去之後
我將開始流浪　在銀河彼端，你
會回憶你的月亮嗎　不要再對我有任何期盼
啊，地球　我
生命已死亡　的夫君
請嘆息，悄悄地　悄悄地嘆息
……
……。

　　姑且不看詩文內容，先仔細觀察這首詩的整體構圖，是不是十分別緻，深具美感？詩上半部是一座層巒起伏的山，下半部是山在波間的倒影，隨著波動，倒影忽長忽短，如一幅虛實互映的寫生畫。

　　若推敲詩文，這首詩竟有三種讀法：中間留白列的上下各自是一首獨立的詩，如果將上下的詩合併，又是另一首完整的詩。多新奇！這三首詩的主題，都是在嘆息地球之死，表露出詩人對環境悲憫的人文關懷。這首詩的圖像既不喧賓奪主，又能為詩意增色，是將圖像處理得令人拍案稱好的範例。

（七）圖像詩創作應留意什麼

新詩領域中，對於圖像詩的討論和爭議不曾間斷過。圖像詩與傳統分行詩的區別，在於前者多了一分視覺圖像營造的巧思，使得本以文字經營為主的新詩，增加了多層次的品味樂趣。而以文字營造畫面，其藝術層面也較一般新詩更加多元且更具挑戰性。

一首成熟的圖像詩，它的價值也許更甚於一般新詩。但是，有時被過度操作，反而減損了詩該有的本質，這是圖像詩引人垢病的地方。所以，創作圖像詩，有幾個面向值得去思考：

1.圖像與詩文的主副地位

詩的必要元素在意象。藉由譬喻、象徵的文字所營造的象，去傳達抽象的意，是文字詩人的工夫；透過符號本身的外形或堆疊文字成為圖像來表達抽象的意，這是圖像詩人的工夫。不論是前者或後者，若能捕捉到令人眼睛為之一亮，引起廣大驚嘆或共鳴的詩，就是好詩。但，圖像詩畢竟仍是以文字為主要的表達工具，它不是繪畫，也不是圖案，白萩說：「繪畫性不可取代詩的意義。」就是這個意思。所以，檢視一首圖像詩，還是要以文字為主，圖像為輔，不可以地位倒置。

2.遊戲與莊嚴的輕重取捨

寫詩和所有的文學創作一樣，它有莊嚴的文化使命，但並不排除以遊戲的形式表出，以引人閱讀。新詩可以亦莊亦諧，呈現各種藝術的趣味和內涵，但在根柢上，一個好的藝術成品，不能只顧趣味而不顧品味，只及於皮相而失了厚度。所以，兩全則美，若兩相牴觸，則仍需以詩的莊嚴性為重。

3.一次性創作的反淘汰作用

圖像詩的圖像性、趣味性若越鮮明，則越有「一次性」的閱讀危機。因為當閱讀者的新奇感消失，詩的吸引力也會驟減，讀者的第二次閱讀興趣缺缺，

詩的內涵價值也就容易被拋棄忽視，這是文學創作最大的損失。所以，圖像詩引人注目的特點，反而成為它被淘汰的主因，這是創作圖像詩時，不能不考慮到的地方。

　　詩人蕭蕭說：「伸長脖子的鹿不一定是長頸鹿。」將方塊字堆積成圖像，不一定就是圖像詩。無論用什麼形態表現，凡經得起檢驗的，才能稱之為詩：意象是否精準？節奏是否動人？情意是否耐人尋味？圖像是否具備加分效果？——只有不斷地作自我檢核，才不至於搭建了圖像，卻失去了詩味。

二、散文詩

（一）散文詩的定義

　　散文詩（法語：poèmes en prose ／ 英語：prose poem），顧名思義，即是以散文的形式，來表達詩的意象，如秀陶說的：「散文是手法，詩是目的。」❺它具有詩的凝練性、暗示性、節奏性，同時也擁有散文的描寫性、細節性。形式上，它不分行、不押韻，卻不乏詩該有的內蘊和意象，所以，本質上，它應該是詩，而不是散文。

（二）散文詩的產生

　　蘇雪林認為散文詩是中國舊詩所沒有的文類，外國卻不少，起自法國波特萊爾的倡導。她說：「可見我們自由詩並非新詩人為了偷懶而作，它也有師承的。」❻新詩在從文言舊詩解脫出來的過程中，不但口語化，同時也散文化，而詩人們嘗試模擬師承的對象之一，就是波特萊爾的散文詩。起初，在形式技巧上，新詩還保有中國舊詩的樣貌，之後，逐漸開展出以散文的形式來寫詩。

---

❺鴻鴻：〈我讀秀陶《一杯熱茶的工夫》〉，《文訊》，2007 年 2 月號。

❻蘇雪林：〈戴望舒的現代詩派〉，《中國二三十年代作家》（臺北：純文學，1983），頁 172。

思考活動

使用說明詩

　　請以使用說明書的形式，寫一篇關於愛情（或友誼、人生、童年等）的使用說明書，並請自行命題。

【我的使用說明詩】

思考便利貼

很多第一次使用的物件，都有附帶使用說明書。愛情呢？人生呢？請以你的經驗或觀察，模擬使用說明書的形式，用字、句、符號、留白與圖像的組合，完成一篇「使用說明詩」。

圖像與文字如何結合？請評論本詩圖文結合的效果。

它
竟斷了
靠著四雙手
技術雖尚未純熟
親切感繪製的草圖和
好堅強的骨架如熾熱的心
瑰麗的悲烈的共同的用漿糊黏
箏面是多麼耀眼奪目多麼獨一無二
一切就緒等試飛更不曾懷疑成功的一刻
沒有實驗哪裡知道那是個永遠回不去的時候
可惜我們忘了控制變因有意無意地主宰
強大的力量使我們不知所措茫茫然
不知道粗心的手偷偷放掉了線
儘管心被憤怒澆息已無力
就讓平靜擁抱著未來
這樣也許是最好
在各自的天
安穩地
飄
飄
飄
飄
飄
飄
飄

〈風箏〉中山女高　王芃

思考便利貼

您可以試著直接評論，或參考本節所提到的重點，分項列點評論。

　　五四時期的劉半農、許地山、徐志摩等人都有散文詩發表。魯迅、郭沫若、茅盾、朱自清、冰心等創作的散文詩在現代文學中也具有不小的影響。但散文詩在當時畢竟只是一時的風潮，當風潮過後，便逐漸被淡忘了。

　　在臺灣，散文詩也一直不屬於詩壇的主流，但是詩人們偶或嘗試寫作這類的詩，雖未創造出巨大的聲勢，作品卻也不曾間斷過。

（三）散文詩的爭議

　　余光中先生曾不客氣地批評過散文詩：「這是一種高不成低不就，非驢非馬的東西。它是一頭不名譽的騾子，一個陰陽人，一隻半人半羊的 faun。往往，它缺乏兩者的美德，但兼具兩者的弱點。往往，它沒有詩的緊湊和散文的從容，卻留下前者的空洞和後者的鬆散。」❼這樣的批評，起因是來自於「散文詩」的難以歸類，如紀弦所說：「至於被稱為散文詩的，我認為，形式上把它當作韻文詩的對稱即可；本質上把它看作介乎詩與散文之間的一種文學則不可。這應該加以個別的審核了：如果它的本質是散文，就叫它歸隊於散文。這個名稱太灰色了，為了處理上的方便，我的意思是，乾脆把它取消拉倒。」❽羅青也認為：「事實上，幾十年來所通用的『散文詩』這個名詞，其本身在意義上就含混不清、需要正名。其理由有二：第一、散文詩本為外來語，並不一定能夠標明本國創作的特色。第二、詩與散文不單文體不同，本質也不同。如果『散文詩』這個名詞可以成立，那稱之為『詩散文』也應該可以。」❾

　　對於散文詩的批評當然不僅於此，但是，如果我們反思：假使散文詩能夠表現出不同於一般分行詩的風格，而以散文的細節描寫方式來傳達詩的暗示象徵，是不是也具有文學表現上的獨特意義和價值？詩人瘂弦說：「其實詩與散文的分野重要的是在實質上，比如散文詩，它絕非散文與詩的雞尾酒，而是借散文的形式寫成的詩，本質上仍是詩。」❿散文詩的本質既是詩，即以詩的質地

---

❼余光中：《逍遙遊》（臺北：時報，1984），頁 47。

❽羅青：《從徐志摩到余光中》（臺北：爾雅，1978），頁 46。

❾羅青：《從徐志摩到余光中》，頁 45。

❿瘂弦：《中國新詩研究》（臺北：洪範，1982），頁 53。

來檢視它，不管它屬於主文類或次文類，我們大可不必挾主流的文學意識來輕忽它。

（四）中國第一首散文詩

新詩脫離舊詩伊始，所謂的「散文詩」並不一定以分不分行作區別，而是就作品的內蘊來判斷：雖然以散文化的句子來表現意象，但凡具有言之不盡的詩意者，即可視之為散文詩。它也許以不分行的形式表現，也許以分行的形式表現。〈新詩年選〉提到，第一首散文詩而具備新詩的美德的，是沈尹默的〈月夜〉❶：

> 霜風呼呼的吹著，
> 月光明明地照著。
> 我和一株頂高的樹並排立著，
> 卻沒有靠著。

詩中人物和一株頂高的樹並排站著，卻沒有靠向樹。那尊高挺立的意志，在霜風呼呼的夜裡，一時間被襯顯得無比的獨立超拔。

這是現代詩自舊詩中口語化、散文化的初始作品。只靠著幾筆摹寫敘事，象徵之意已盡在其中。

沈尹默 (1883～1971)

本名沈實，號秋明，浙江吳興人。幼年入私塾啟蒙，遍讀唐詩。1908～1963 年間，先任教於浙江高等學校、杭州第一中學，後任北京大學教授和校長、輔仁大學教授。著有《秋明集》、《秋明室雜詩》、《沈尹默詩詞集》等詩集。

---

❶ 王志健：《中國新詩淵藪》（上冊）（臺北：正中，1993），頁 395。

（五）作家及作品介紹

1.大陸時期散文詩人

以沈尹默〈三絃〉為例：

> 中午時候火一樣的太陽沒法去遮闌，讓他直晒著長街上。靜悄悄少人
> 行路，祇有悠悠風來，吹動路旁楊樹。

> 誰家破大門裡，半院子綠茸茸細草，都浮著閃閃的金光。旁邊有一段
> 低低土牆，擋住了個彈三絃的人，卻不能隔斷那三絃鼓盪的聲浪。

> 門外坐著一個穿破衣裳的老年人，雙手抱著頭，他不聲不響。

胡適稱這首詩：「從見解意境上和音節上看，都可說是新詩中一首最完全的詩。」
從音節上看，第二段之中，「旁」、「邊」二字和「有」、「一」二字各是雙聲；
而「段、低、低、土、擋、彈、的、斷、盪、的」等十個字也都是雙聲，而這
十個「ㄉ」或「ㄊ」音的字，和三絃所彈奏出的聲音正好相仿。作者又把「段、
擋、彈、斷、盪」五個「ㄢ」、「ㄤ」韻母的字和四個「ㄧ」韻母的雙聲字（低、
低、的、的）錯雜使用，更可以表現出三絃的抑揚頓挫之聲。
從意境上看，「火一樣的太陽沒法去遮闌」、「綠茸茸細草，都浮著閃閃的金
光」、「那三絃鼓盪的聲浪」，這些描寫如一波一波的熱浪，慢慢將大地吞噬。在
這樣的氛圍中，隱隱含著悲憫，門裡的三絃彈奏出門外的心事。在熾熱中受苦
的老人，他雙手抱著頭，他不聲不響，可是三絃撩撥出來的聲浪，卻為他道出
心中無限事，何其蒼涼。

2.來臺時期散文詩人

(1)以商禽〈電鎖〉為例

> 這晚，我住的那一帶的路燈又準時在午夜停電了。

> 當我在掏鑰匙的時候，好心的計程車司機趁倒車之便把車頭對準我的
> 身後，強烈的燈光將一個中年人濃黑的身影毫不留情的投射在鐵門
> 上，直到我從一串鑰匙中選出了正確的那一支對準我心臟的部位插
> 進去，好心的計程車司機才把車開走。

> 我也才終於將插在我心臟中的鑰匙輕輕的轉動了一下「咔」，隨即把這
> 段靈巧的金屬從心中拔出來順勢一推斷然的走了進去。沒多久我便
> 習慣了其中的黑暗。

法國詩人波特萊爾認為「散文詩」足以適應靈魂的抒情性的動盪、夢幻的波動和意識的驚跳。大陸來臺的詩人，曾身歷家國撕裂的苦痛，有些詩人的詩裡常會浮現「動盪的靈魂」或「驚跳的意識」，商禽的散文詩，就是其一。

此詩之中，「強烈的燈光」、「濃黑的身影」、「毫不留情」、「對準我心臟的部位插進去」、「習慣了其中的黑暗」這些強烈的措詞，彷彿絕對痛苦的靈魂在絕對的黑暗裡掙扎吶喊，意象悚動而鮮明。

此詩以順敘法鋪陳情節，「停電的午夜」是沉重氛圍的營造；「好心的計程車司機」是無心的涉入者；「身影濃黑的中年人」是主角；主角的心事冷不防地被無心者揭開（「毫不留情的投射在鐵門上」）；「從一串鑰匙中選出了正確的那一支對準我心臟的部位插進去」，一個長句，表現了主角多少的驚惶和倉促，慌張地想要對準核心，解開心結；「輕輕的轉動了一下『咔』」，好像豁然得解了，但，事實上，只是將自己推入另一片更深的黑暗中罷了；而最可悲的是，「沒多

久我便習慣了其中的黑暗。」黑暗如影隨形地存在，既然無力抗拒，就只能習慣，這是多沉重的宿命？

　　散文詩因形式之便，多了小說營造的可能，將詩的意象包裹在情節的推演中，是新詩的另一種表現趣味。

　　⑵以瘂弦〈鹽〉為例

> 　　二嬤嬤壓根兒也沒見過退斯妥也夫斯基。春天她只叫著一句話；鹽呀，鹽呀，給我一把鹽呀！天使們就在榆樹上歌唱。那年豌豆差不多完全沒有開花。

> 　　鹽務大臣的駱隊在七百里以外的海湄走著。二嬤嬤的盲瞳裡一束藻草也沒有過。她只叫著一句話：鹽呀，鹽呀，給我一把鹽呀！天使們嬉笑著把雪搖給她。

> 　　一九一一年黨人們到了武昌。而二嬤嬤卻從吊在榆樹上的裹腳帶上，走進了野狗的呼吸中，禿鷲的翅膀裡；且很多聲音傷逝在風中，鹽呀，鹽呀，給我一把鹽呀！那年豌豆差不多完全開了白花。退斯妥也夫斯基壓根兒也沒見過二嬤嬤。

春天、天使、榆樹（諧音「愉」），多麼愉悅美好的意象！然而，當中卻埋伏著死亡的訊息——二嬤嬤上吊死了，暴屍荒野，慘遭掠食。

　　盲瞳、裹腳帶、野狗、禿鷲、白花，多麼悲涼淒惻的意象！到底，二嬤嬤是為什麼而死的？——「鹽呀，鹽呀，給我一把鹽呀！」二嬤嬤竟死於一個卑微的基本需求。

　　退（杜）斯妥也夫斯基的作品《窮人》裡描寫的時代，就是二嬤嬤活生生所處的時代。戰亂帶來的苦難，「豌豆差不多完全沒有開花」的荒年，多少窮人如二嬤嬤一樣，只是要一把鹽卻不可得。二嬤嬤於是眼盲了、幻視了，瀕死之

前，天使出現了，在榆樹上溫暖地召喚她，給她一把雪代替鹽；但天使的慈悲拯救不了她，一如「在七百里以外的海湄走著的鹽務大臣的駱隊」救不了她，一如「已到了武昌的革命黨人們」也救不了她。二嬤嬤需要的，不是遙不可及的政策，不是偉大的濟世理想，只是眼前的一把鹽而已。

她的聲音漸漸稀薄了，最後「傷逝在風中」。二嬤嬤終究是死了，遺體淪為野狗禿鷲的晚餐，這一年「豌豆差不多完全開了白花」，二嬤嬤已死於這一片蒼白之中……。整首詩有說不出的深沉悲涼，這恐怕是連為窮人吶喊的退（杜）斯妥也夫斯基都無法想像的吧！

對於窮困的人，生活才是真實，文學和理想都是不切實際的遙遠。本詩以小說筆法，製造衝突，進行諷喻，十分成功。

瘂弦 (1932～　　)

本名王慶麟，河南南陽人。政工幹校影劇系畢業後，服務於海軍陸戰隊。曾應美國愛荷華大學邀請，至國際作家工作坊研究二年。從第一首詩〈我是一勺靜美的小花朵〉的發表，到最後一首詩，創作生涯僅僅十二年。1965 年後，從事編輯工作，曾任《幼獅文藝》、《幼獅少年》總編輯，《聯合報》副總編輯等。著有《瘂弦詩選》等詩集。

3.臺灣近代散文詩人

以蘇紹連〈獸〉為例：

> 我在暗綠的黑板上寫了一隻字「獸」，加上注音「ㄕㄡˋ」，轉身面向全班的小學生，開始教這個字。教了一整個上午，費盡心血，他們仍然不懂，只是一直瞪著我，我苦惱極了。背後的黑板是暗綠色的叢林，白白的粉筆字「獸」蹲伏在黑板上，向我咆哮，我拿起板擦，欲將牠擦掉，牠卻奔入叢林裡，我追進去，四處奔尋，一直到白白的粉筆屑落滿了講臺上。

我從黑板裡奔出來，站在講臺上，衣服被獸爪撕破，指甲裡有血跡，耳朵裡有蟲聲，低頭一看，令我不能置信，我竟變成四隻腳而全身生毛的脊椎動物，我吼著：「這就是獸！這就是獸！」小學生們都嚇哭了。

作者是小學老師，小學生、黑板和教學，是他在現實生活中所熟悉的人事物，而詩人總是能將平凡的現實帶領進入超現實的情境之中，用超乎常軌的想像，製造出不可思議的魔幻現象。而變形後的象，往往就是意的附身。

詩中，黑板成了墨色的森林，「獸」字是以「一隻」來計算的，加上注音「ㄕ ㄡˋ」的音節強化，一隻蹲伏的巨獸，彷彿經一次一次的呼喚而誕生。現實中，「獸」字的難教、難寫、難以對付，不比叢林中真正的野獸來得省事。所以，當老師一反身面對黑板時，白色的「獸」字儼然變化成一隻真正的獸，從墨色的森林中放肆地向他咆哮。於是，消滅怪獸成了反射動作，「拿起板擦，欲將牠擦掉，牠卻奔入叢林裡，我追進去，四處奔尋，一直到白白的粉筆屑落滿了講臺上」，這一節，是化實入虛，虛實交替的關鍵過程。

而當「獸」字在黑板上被徹底消滅，化成白白的粉筆屑落滿了講臺上時，精疲力竭的老師，彷彿也成了一隻被現實打敗，耐不住性子，以致要狂飆的獸；他失控地對著小學生怒吼，使得小學生都嚇哭了。

全詩看似荒謬，實則合理。作者將衝突放置在超現實的情節上，事實上，卻沒有比這樣的安排更具現實張力的了。

整首詩以情節取勝，如果不是以散文詩句連著句的形式書寫，恐怕敘事的流暢度將受阻，詩的力度也跟著受損了。

三、結語

綜觀臺灣散文詩創作，可歸納出幾項特色：

1. 散文詩使用散文的語言，不刻意避用連接詞、轉折詞、介詞，適於作情節的鋪陳。正因如此，散文詩很容易具備情節鋪陳的小說屬性。

2. 散文詩較分行詩的語言更為散化，所以句子更為口語，且更貼近生活，所以題材的選用也更加豐富。

3. 散文詩是詩的體裁，既是詩，用以象徵暗示的意象仍為作品的主要元素，而不只是情節的精采而已。如把握不好，很容易淪為小品文。

秀陶戲稱散文詩有七百三十一種效果，所以不必獨沽一味❿。這是他長年寫作散文詩的體會。所以，我們大可視散文詩為文學類型之一，大膽地以不分行的散句型態去創作。正如蘇紹連所說：「我最初發現散文詩迷人之處，在於它的形式類似散文，但字字句句所構成的思考空間卻完全是詩。我不認為它是一種詩化了的散文，更不認為它是一種散文化的詩。散文詩，它自身存在，本質肯定是詩，絕不是散文。」❽他承認「對散文詩狂愛至極」，並大量創作，其中必有至理。

---

❿鴻鴻：〈我讀秀陶《一杯熱茶的工夫》〉。

❽蘇紹連：《驚心散文詩》（臺北：爾雅，1990），頁141。

思考活動
用詩寫故事

　　請自行上網搜尋以下五篇短篇小說或戲曲，選擇其中一篇，凝聚其故事精華，改寫成一首散文詩。

【中】關漢卿〈竇娥冤〉　　　　　【臺】李喬〈一種笑〉

【美】歐·亨利〈最後一片葉子〉　【俄】契訶夫〈變色龍〉

【奧】卡夫卡〈致某科學院的報告〉

【我的創作】

⊙詩題：＿＿＿＿＿＿＿＿＿＿＿＿

⊙改寫自：＿＿＿＿＿＿＿＿＿＿＿＿

⊙內容：

思考便利貼

改寫的條件：

1. 字數不可超過 200 字。

2. 改寫後詩作，必須讓沒有讀過的人懂。

3. 請忠於故事的內容或劇情，抓出主軸加以敘寫。

課後練習

（　　）1.臺灣圖像詩的開始應可歸功於下列哪一位詩人？　(A)沈尹默　(B)詹冰　(C)水蔭萍　(D)蘇紹連。

（　　）2.下列圖像詩的元素使用，何者在形象之外，還兼含聲情的趣味？

(A)林燿德〈靈魂的分子結構式〉中的旦　撒　撒旦撒旦　撒　旦
撒旦
撒旦
撒旦

(B)詹冰〈水牛圖〉中的 角 角 黑

(C)陳黎〈戰爭交響曲〉中的「兵」、「乒」、「乓」、「丘」

(D)唐捐〈夜釣〉中的「？」與「！」

（　　）3.「散文詩」屬於詩，它的必要條件應是：　(A)意象　(B)驚悚　(C)敘事　(D)鬆散。

課間活動 & 課後練習答案解析

圖像詩趴趴走

【範例作品】

〈戀愛史〉

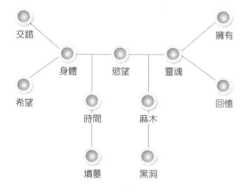

交錯　身體　慾望　靈魂　擁有
希望　時間　麻木　回憶
墳墓　黑洞

使用說明詩

【參考答案】

品　　　名：曖昧
成　　　分：心動、想念、游移、模糊
純　　　度：半清半濁
保存方法：請放置於陽光可照射之處 。 溫
　　　　　度 ≥ 37℃，PH 值 6～7
保存期限：告白之前
建議用量：一週三次 （視心動程度增減用
　　　　　量）
使用方法：此為清爽潔淨款 ， 內服外用均
　　　　　可
注意事項：若不慎服用過量 ， 請立即飲用
　　　　　忘情水稀釋

風箏・詩

【參考範例】

這首詩排列成風箏的樣子 ， 可是好像少了
左右兩邊的鬍鬚 ， 所以這是看來有點散破
的風箏，要飛有點困難。詩中的「竟斷了」，
已經直接講出這是一個斷掉的風箏 ， 要是
中間破兩個洞更好 ， 所以可以考慮用立可
白抹去中間幾個字，讓它斷掉，而且字也無
須整個抹掉，假設愛情的「愛」字，把中間
的「心」抹掉，讓殘缺的「愛」在那裡，這
樣更棒。就內容而言寫得還不錯，但還是會
落入一個劇情當中 ， 如能有更多的點突破
劇情，可以增加不可預測性。

（以上改寫自詩人唐捐對此詩的評論紀錄）

用詩寫故事

【參考範例】

〈竇娥冤：散文詩改寫〉

竇娥跪在衙門，眼中的淚還辯解著事實。一
旁的張驢兒咬定是她殺了他老子 ， 至於他
下的毒藥誤毒了他老子的這件實情 ， 都用
銀子埋起來了。竇娥屈招，那畫押定也成了
一筆「明鏡高懸」的交易。

「謝青天老爺做主！殺了竇娥，才與小人的
老子報了冤。」

竇娥交待完了婆婆 ， 那滿腹的冤屈便化成

了三道毒咒。人頭落下，一陣突來的陰風告
知楚州將要大旱三年 。 落下的血也全都飛
到那白練上，與在六月下的三尺瑞雪，都彷
彿訴說著：「大人，冤枉啊！」

（師大附中　趙偵宇）

 課後練習

解答

1. B　　2. C　　3. A

我思想，故我是蝴蝶
——新詩的鑑賞

王淑蘭

✳ **內文提要**

在本章我們將思考：

◆ 詩向讀者「說了什麼」？

◆ 詩「如何」和讀者說話？

◆ 詩如何利用修辭的加工藝術呼喚出「美」的感動？

◆ 如何進入後現代詩的異想世界？

我思想，故我是蝴蝶——讀詩必須對詩有所感知才能謂之為讀了詩；下面這一首詩是象徵派詩人戴望舒的〈我思想〉。他藉著將法國哲學家笛卡爾 (René Descartes, 1956～1965)「我思，故我在」的存在哲悟，與莊子的夢蝶玄思聯繫，驗證了生命之存在之美麗：我因為思想而美麗、而存在。而這一意涵也恰可以做為詩作與讀者之間，情思勾連與觸動的註腳：

> 我思想，故我是蝴蝶……
> 萬年後小花的輕呼，
> 透過無夢無醒的雲霧，
> 來震撼我斑斕的彩翼。

戴望舒 (1905～1950)

本名朝寀，浙江杭州人。1923 年進入上海大學中文系，1925 年到震旦大學習法文，1932 年留學法國巴黎大學、里昂中法大學。1936 年與馮至、卞之琳等創辦《新詩》雜誌。著有《望舒草》、《我的記憶》、《災難的歲月》等詩集。

只是要如何才能撥開重重迷霧，震撼蝴蝶斑斕的彩翅，聽取到小花的輕呼？甚至回應小花的呼聲？我們應如何梳理出一條可以探取詩趣、觸動詩心的路？這一條路，我們可以大致分為兩個方向：

◆ 詩向讀者「說了什麼」？——從詩的意涵賞詩。

◆ 詩「如何」和讀者說話？——從詩的形式結構以及修辭技巧賞詩。

一、從詩的意涵賞詩

孔子為了誘導弟子讀詩，曾這麼說過：「小子！何莫學夫詩？詩，可以興，可以觀，可以群，可以怨；邇之事父，遠之事君；多識於鳥、獸、草、木之名。」

《論語·陽貨》）這段話是鼓勵學生多學詩，因為學詩有許多好處，可以提升人的美麗情懷，教人怎麼跟人相處，以及如何抒發情緒，學習做人處事的道理，甚至可以認識自然萬物。畢竟，詩是作者抒發情思、意見的文學類型，讀者因為讀取詩旨，而得以與作者兩心相照，是種幸福而飽滿的感覺。縱然不能直接攫取詩心，但由於詩人的啟迪能見所未見、聞所未聞，也可以享受眼界大開，超越經驗的震撼。所以，鑑賞詩的第一步，應從閱賞詩旨開始。

（一）按圖索驥，讀取詩心

有些詩作的確意涵明確，讀者只要能正確地循著作品所提供的線索，或通過作者存在的環境背景等資訊，便可以成功地成為一位「逆溯作家」。

如林亨泰的〈海線〉：

左邊是山	那些女孩的眸子閃耀著山的姿影
右邊是海	那些女孩的眸子洋溢著海的馨香
那我該看哪一邊	微風飄拂黑髮織成美麗的山海幻影
左邊是山	山也不看
右邊是海	海也不看
不，我哪一邊都不看	我只是凝視著對面
我要看的	山也不看
只是對面	海也不看
一起談著山海的女學生	終於完全陶醉在山海之中

1.作品線索

這是一首意思非常清朗的好詩。只要讀者能掌握「對面女學生清純眼眸中所照映的風光之美」便懂得這首詩，也必能領受到詩中所閃耀的「山的姿影」

與「海的馨香」，還有因山因海而誘發的那屬於少男的浪漫情懷。

2. 環境背景資訊

　　這首詩所喚醒的應是臺灣七〇年代以前，曾搭乘山線或海線火車通學的學子們共有的古典而純情的經驗——那跌入對面女生款款有情的雙眸的陷阱，因而陶醉得不能自已的歲月，美得猶如幻景。

3. 與其他詩作共鳴

　　由這首詩可以更進一步聯想到王觀的〈卜算子〉：「水是眼波橫，山是眉峰聚。欲問行人去那邊？眉眼盈盈處。」——原來早在宋代就已有人因山、因水、因眉、因眼而沉醉過。

（二）別開生面、閱賞詩趣

　　詩是一種意象繁麗、含蓄又深邃的文體，它往往言在此而意在彼，讀者縱然按圖尋覓，未必能索得其驥。譬如唐代張籍的〈節婦吟〉，如果不是經過史料佐證，誰又能知道那竟是一首婉拒平盧節度使李師道的籠絡與收買的詩呢？甚至在知道原旨之後，反而有種大煞風景的遺憾。畢竟當作者將作品交予大眾的那一刻，也就等於將解釋權付予了大眾，而一首好詩，本來也應該具備繁複的意涵待人發掘，任人評賞。譬如林泠的〈阡陌〉，幾乎所有的詩評家都認定這是一首「非常美麗的愛情詩」，寫的是兩人的相遇與分離。事實上，根據作者的現身說法，這首詩原來是為了紀念去世的外祖母而作。

　　　　　你是縱的，我是橫的
　　　　　你我平分了天體的四個方位

　　　　　我們從來的地方來，打這兒經過
　　　　　相遇。我們畢竟相遇
　　　　　在這兒，四周是注滿了水的田隴

> 有一隻鷺鷥停落，悄悄小立
> 而我們寧靜地寒暄，道著再見
> 以沉默相約，攀過那遠遠的兩個山頭遙望
>
> （──一片純白的羽毛輕輕落下來──）
>
> 當一片羽毛落下，啊，那時
> 我們都希望──假如幸福也像一隻白鳥──
> 它曾悄悄下落。是的，我們希望
> 縱然它是長著翅膀……

那悄悄落下，象徵幸福的白鳥，指的是外祖母所賜與的溫馨童年；阡陌間的相遇與相離，含藏的竟然是親人的生離死別。

由此可知，誤解也可以是一種美麗的錯誤。文字密度愈高，張力愈足的詩，可資解讀的內涵也愈豐富。讀者透過關鍵線索，發揮逆溯想像，所能延伸的新意或新境也就愈寬闊。否則將如約翰‧杜威 (John Dewey, 1859～1952) 所說：「如果沒有內在張力，詩將流於直述鋪陳，一覽無遺。」「一覽無遺」意味著淺薄、缺乏耐人咀嚼涵詠的可讀性，絕難成為好詩。

一首好詩不能只求意涵明確，明白好懂；對詩而言更重要的元素，是要能憑藉文字的密度追求最大的張力。

何謂「詩的張力」？由於詩的文字密度高、意象豐饒，因此詩具有豐繁的、多樣的意義。讀者自然可以合理的取得更寬闊的解讀空間，所謂「張力」，就是指在詩中所能找到的一切外延和內涵的完整有機體──也就是依據詩本身所提供的意涵，讀者所能夠聯想到的一切可能的意義。

如洛夫的〈沙包刑場〉，便是一首雖不易解，但張力十足的好詩。〈沙包刑場〉呈現的是越戰的場景之一。洛夫為戰場某一角落所發生的事件勾勒了一幅既鮮活又魔幻的畫像：

一顆顆頭顱從沙包上走了下來
俯耳地面
隱聞地球的另一面
有人在唱
自悼之輓歌

浮貼在木樁上的那張告示隨風而去
一幅好看的臉
自鏡中消失

詩分為兩段，首段勾畫頭顱落地、身首異處的行刑景象，經過擬人化處理，更令人驚駭。而「俯耳地面」，「隱聞地球另一面／有人在唱／自悼之輓歌」，是死者自悼之歌，還是地球另一端的人的哀悼？不可確解。但作者對戰爭不義的指控隱然可見。

　　第二段只有三行，寫的是行刑過後的圖景。作者冷然地用「木樁上的那張告示隨風而去」一語宣示執行死刑事件結束，「好看的臉／自鏡中消失」則暗示美好生命的消逝。其中所蘊含的反諷、憤怒與批判情緒讀者或可意會，但終究無法確知——這正是超現實主義、象徵派詩人乃至於後現代派刻意經營的氛圍。

（三）不解之解，會心不遠

　　當讀者無法掌握足夠而明確的線索，或詩作本身就過於晦澀難解時，大可以維持詩的不可解性或歧義性。如洛夫的〈石室之死亡〉。〈石室之死亡〉是洛夫的代表作之一，全詩共六十四節，有些有題，有些則無。由於意象繁複，造語奇詭而難解難懂，此處舉其中的〈初生之黑〉系列之一為例：

猶未認出那只手是誰，門便隱隱推開
我閃身躍入你的瞳，飲其中之黑
你是根，也是果，集千歲的堅實於一心

我們圍成一個圓跳舞，並從中取火
就這樣，我為你瞳中之黑所焚

你在眉際鋪一條路，通向清晨
清晨為承接另一顆星的下墜而醒來
欲證實痛楚是來時的回音，或去時的鞋印
你遂閉目雕刻自己的沉默
哦，靜寂如此，使我們睜不開眼睛

據說，這一系列的詩作，是洛夫初為人父時，題送給長女莫非之作，因此讀者尚可依詩人原有的副題延伸，捕捉到前段父母初見女兒睜開漆黑的雙瞳的喜悅；領略後段作者因女兒熟睡後的恬靜所發想的生死問題。至於每句詩的意涵，則一如〈石室之死亡〉其它詩篇的內容，是令人費解的；但費解卻無損於其作品耐人尋味的玄奇，與震動人心神的魅力，甚至還因此提供了讀者另闢蹊徑，不同角度的闡釋空間，更添異趣。至於〈石室之死亡〉的無題系列，因無題目提供線索，解析度就更為艱難了，如〈石室之死亡之一〉（修正版）：

只偶然昂首向鄰居的甬道，我便怔住
在清晨，那人以裸體去背叛死
任一條黑色支流咆哮橫過他的脈管
我便怔住，我以目光掃過那座石壁
上面即鑿成兩道血槽

我的面容展開如一株樹，樹在火中成長
一切靜止，唯眸子在眼瞼後面移動
移向許多人都怕談及的方向
而我確是那株被鋸斷的苦梨
在年輪上，你仍可聽清楚風聲，蟬聲

這一首詩，所指竟何？某些詩評家認為由於詩人身處民國四、五十年，政治氛圍緊張，歷史文化備受撞擊壓制，生存意義抽空孤懸的時代，其精神之痛之不安與孤絕感，乃至於因此而引發的對死亡的冥思、逼視，只有透過奇詭的語言策略投射。因此，這首詩反映的當為詩人面對個人、社會，民族被迫與過去「切斷」，又找不到出路時的創痛、焦慮，恐懼與迷惑——這樣的詮釋是耶？非耶？讀者或許別具會心。由此可知，詩的可讀性，不完全在於它的好懂與否，反而更在於它驅遣的語言、意象、思情是否具備足以耐人咀嚼玩索的厚度。

因此，詩沒有晦澀與否的問題，只有好壞的問題；一首好詩不論深淺明晦，必須具備令人可感的元素；而作為一個新詩的鑑賞者，可以不必理會各種鑑賞理論、美學概念，卻需具備足以蒐尋出一首好詩可感的元素，並從中感受到作品中的生命力。

二、形式結構在說話

新詩絕非分行的散文，它的起承轉合不再是單線直下：分行與不分行、如何分行、跨行乃至於斷句、分段，都成為文字之外，表情達意的必要手段。此外，其訴諸文字變形、標點運用的巧思，也往往成為豐富新詩意涵的策略。因此，不論是創作還是鑑賞，都不可以忽略形式結構所發揮的功能。

（一）形式結構是另一種意符

既然新詩不是分行的散文，那麼一首好的新詩作品，它的分行、斷句，以及間隔、空行等定非偶然；它們應是有機地勾連於詩的內容——它們是具有意義的。例如林亨泰的〈風景 No.2〉就是作者有意地透過特殊的句構處理，將簡單的意象，轉化為層次無限的空間因素。

防風林　的
外邊　還有
防風林　的
外邊　還有
防風林　的
外邊　還有
然而海　以及波的羅列
然而海　以及波的羅列

第一段的內容只是「防風林的外邊，還有防風林」的再三重複，但由於作者巧妙的分行、斷句與間隔，使得這一單純重複的句子產生了文法上的變化：

◆ 首先，除了第一行的「防風林」以外，其餘的兩個「防風林」由於所寫位置的關係，除了是上一句子「有」這個動詞的「受詞」，同時成為下一句的主詞。

◆ 其次，因為這種串連句法的效用，第一段的讀法可以變成：「防風林的外邊，還有……」換言之，主詞由「防風林」換作了「防風林的外邊」。這種句構，使得讀者的心理視覺與音律感受上，出現綿延不絕的效果；最後作者竟將第一段戛然止於「還有」二字，接著順勢將讀者懸宕未絕的心緒引向大海──防風林的接續不已，從而轉換為海波的羅列無盡。

這首詩分為兩段，各寫一個意象：第一段寫防風林，第二段寫海的波瀾。詩人所刻意安排出來的形式結構，成功地深化、拓展了其文字所能宣說的簡單的意境。

鄭愁予的〈錯誤〉，第一段二行長句，較諸其他兩段低二格的作法，當然也絕非隨性偶然的戲作：

我打江南走過
那等在季節裡的容顏如蓮花的開落

東風不來，三月的柳絮不飛

你底心如小小的寂寞的城
恰若青石的街道向晚
跫音不響，三月的春帷不揭
你底心是小小的窗扉緊掩

我達達的馬蹄是美麗的錯誤
我不是歸人，是個過客⋯⋯

這首段低於其他兩段的架構，鋪排的既是男子打從江南走過，偶然仰見女子獨守閣樓的圖景，也是齣詩劇的前奏，不露聲色的小序。

又如余光中的〈鄉愁四韻〉：

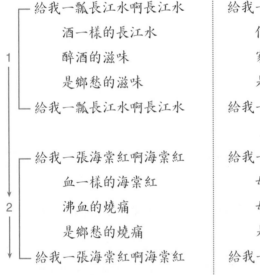

1
給我一瓢長江水啊長江水
酒一樣的長江水
醉酒的滋味
是鄉愁的滋味
給我一瓢長江水啊長江水

2
給我一張海棠紅啊海棠紅
血一樣的海棠紅
沸血的燒痛
是鄉愁的燒痛
給我一張海棠紅啊海棠紅

3
給我一片雪花白啊雪花白
信一樣的雪花白
家信的等待
是鄉愁的等待
給我一片雪花白啊雪花白

4
給我一朵臘梅香啊臘梅香
母親一樣的臘梅香
母親的芬芳
是鄉土的芬芳
給我一朵臘梅香啊臘梅香

這首詩不但利用排比形式類疊詞句，也類疊段落——重重的類疊，累疊的正是鄉愁。而這浩浩的鄉愁，又隨著長江水、海棠紅、雪花白、臘梅香所暗示的時序嬗遞，層層轉深。這就是排比兼層遞所產生的效用。

再看看卞之琳的〈斷章〉：

> 你站在橋上看風景，
> 看風景的人在樓上看你。
>
> 明月裝飾了你的窗子，
> 你裝飾了別人的夢。

本篇僅利用「頂真」與「類疊」技巧往復運鏡，令樓上與橋上的兩人，互為視景。詩分兩段，每段兩行，中間空一行，隔出了一段寫景，一段表意的用意。綿密精巧，張力十足，其中含藏的悵望與寂寞之情，令人思之不盡。

卞之琳 (1910～2000)

江蘇海門人。幼年於私塾勤習古書，1929 年入北京大學英文系。曾參與編輯《水星》、《新詩》等刊物。抗日戰爭期間，先後任教於四川大學、西南聯大。1947 年應邀赴英國牛津大學從事研究，1949 年任教於北京大學西語系。1964 年後任中國社科院外國文學研究所終身研究員。著有《三秋草》、《合刊》、《十年詩草》和《雕蟲紀歷》等詩集。

（二）形式結構須與詩旨結合

林亨泰的〈風景 No. 2〉誠然是新詩中形式革命實驗成功的典型之一，但同一形構的〈風景 No. 1〉卻透露了完全相反的訊息：

> 農作物的
> 旁邊　還有
> 農作物的
> 旁邊　還有
> 農作物的
> 旁邊　還有
>
> 陽光陽光晒長了耳朵
> 陽光陽光晒長了脖子

　　想想看，為什麼同樣的形式結構，〈風景 No. 1〉卻無法如〈風景 No. 2〉般在意象美感及音聲律動上，引發同樣的動人效果？其關鍵就在於內容素材，能否與形式互搭；「農作物」鋪展於大地，四面八方，景象一致，「旁邊」一詞不僅不能營造出一望無際的視野，反而成為限制，遑論「防風林」隨車行進所示現的動感！此外，「陽光晒長了耳朵」與「脖子」的聯想，也過於素樸牽強，是無法激發令人耳目一新的心理快感的。

　　再進一步看，如果將另一首〈風景 No.2〉依其原有的意旨及文法結構還原，依序排列，又會發生什麼現象？

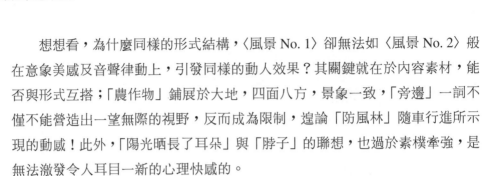

原　詩

然而海　以及波的羅列
然而海　以及波的羅列
外邊　還有
防風林的
外邊　還有
防風林的
外邊　還有
防風林的

還原文法結構

然而海　以及波的羅列
然而海　以及波的羅列
還有防風林
防風林的外邊
還有防風林
防風林的外邊
還有防風林
防風林的外邊

　　還原後，詩的意涵與原詩並無二致，但中規中矩的句序、行次反而消解了不合理的斷句所製造的頓挫趣味，與若絕還續、迴旋不已的韻律感；而合情合理的句法結構表意雖然清晰精準，卻使得詩情索然。詩，不是分行散文，於此又可得一佐證。

　　其次，恰當的形式結構，可以強化甚至決定詩的情境，這點由蕭蕭的〈孤鶩〉可以獲得印證：

原　詩	還原文法結構
是 漸 漸 淒 清 的 我 路之最遠的那點， 雲天無言無語落下 門關著。	是漸漸淒清的我 路之最遠的那點， 雲天無言無語落下 門關著

原詩先用一字一行的句構，將詩情帶入極清、極孤絕的境地，再突然接續一長句，令情緒為之一緊，最後結以三字句，對比強烈。還原文法結構後，「淒清」氛圍，立即因形式的改變，變為「沉重」，內容竟也變得乏味通俗。

　　從諸多實例，讀者可發現詩的形式結構與詩的意旨間，存有相互依靠的密碼，優秀的詩人能匠心獨運，操控密碼；敏感的讀者乃能敏銳地發掘其間密碼，盡得解讀之樂趣。

三、修辭的加工藝術

　　文學語言必須經過藝術加工，也就是經過修辭雕塑，以呼喚出「美」的感動。因此，新詩的鍛字、鍊句，乃至於謀篇、立意的功夫都不可小視。同樣的作為逆溯作家（讀者以自己的見解解讀文學作品，等於自行再次創作，所以可稱為「逆溯作家」），於作者如何操弄這些創作技法，而這些技法又如何將詩作提昇到了什麼樣的藝術層次，如何震動了讀者的心靈，也不可不知。關於新詩於鍛字、鍊句、立意、謀篇等等方面的匠心，第一章論述已詳，本章則就新詩常運用到的修辭技法，再作一番檢視。

思考活動
發現詩的張力

　　非馬〈夜笛〉是一首張力豐足的詩，作者擅於以象喻意，請分析詩中的象與意，並評論本詩的張力。

> 用竹林裡
> 越括越緊的
> 風聲
> 導引
> 一雙不眠的眼
> 向黑夜的弄尾
> 按摩過去

【我的分析】

思考便利貼

1. 先思考詩中運用了什麼「象」？從中可能含藏什麼「意」？
2. 盡可能擴大解讀空間，詮釋作品張力。
3. 舉例：「竹林」寫的是實景，但同時可作為笛子以及按摩者的換喻。

思考活動

詩句的排列遊戲

有時詩人會刻意錯置詩句的順序，增加詩的玩味與想像空間，周夢蝶的〈距離〉就是一個例子；下面節錄了詩的其中一段，請仔細閱讀，並將詩句按照邏輯順序排列（請以詩句編號作答），再思考本詩的錯置造成了怎樣的詩情。

❶聰明的，你能否算計出

❷它從樹梢到地面的距離？

❸當它酡紅的甜夢自霜夜裡圓醒

❹當一顆蘋果帶笑滑落，無風

【詩句順序】：＿＿＿＿＿＿＿＿＿＿＿

【我的思考】：

幫商禽咳嗽

　　下列一段描述咳嗽的文字（改自商禽〈咳嗽〉），依你之見，應如何斷句、分行，更能體現詩意？請試著在下面的區域進行修改。

　　　坐在圖書館的一室、一角，
　　　忍住，直到有人把一本書
　　　──歷史吧，掉在地上，
　　　我才咳了一聲嗽

【我的咳嗽】

思考活動
哪一隻是教室裡的獸

下面兩首詩中有一首是蘇紹連〈獸〉的原詩，請猜猜看是哪一首？你為什麼會這樣認為？

1

我在暗綠的黑板上寫了一隻字「獸」，加上注音「ㄕㄡˋ」，轉身面向全班的小學生，開始教這個字。教了一整個上午，費盡心血，他們仍然不懂，只是一直瞪著我，我苦惱極了。背後的黑板是暗綠色的叢林，白白的粉筆字「獸」蹲伏在黑板上，向我咆哮，我拿起板擦，欲將牠擦掉，牠卻奔入叢林裡，我追進去，四處奔尋，一直到白白的粉筆屑落滿了講臺上。

我從黑板裡奔出來，站在講臺上，衣服被獸爪撕破，指甲裡有血跡，耳朵裡有蟲聲，低頭一看，令我不能置信，我竟變成四隻腳而全身生毛的脊椎動物，我吼著：「這就是獸！這就是獸！」小學生們都嚇哭了。

2

我在暗綠的黑板上寫了一隻字「獸」，
加上注音「ㄕㄡˋ」，
轉身面向全班的小學生，
開始教這個字。
教了一整個上午，
費盡心血，
他們仍然不懂，
只是一直瞪著我，
我苦惱極了。
背後的黑板是暗綠色的叢林，
白白的粉筆字「獸」蹲伏在黑板上，
向我咆哮，
我拿起板擦，
欲將牠擦掉，
牠卻奔入叢林裡，

我追進去，
四處奔尋，
一直到白白的粉筆屑落滿了講臺上。

我從黑板裡奔出來，
站在講臺上，
衣服被獸爪撕破，指甲裡有血跡，
耳朵裡有蟲聲，
低頭一看，
令我不能置信，
我竟變成四隻腳而全身生毛的脊椎動物，
我吼著：
「這就是獸！
這就是獸！」
小學生們都嚇哭了。

（一）精雕細琢、匠心獨運

1.修辭之美

　　其實，新詩一如其他文類，常運用到的技法，不外乎譬喻、借代、誇飾、象徵、倒裝、類疊、頂真、映襯、示現、層遞、反諷、摹寫、移覺、轉化、轉品等等，只要運用得當，必能令作品生色，讀者眩目。以楊牧〈林冲夜奔〉第一折為例：

第一折
風聲·偶然風、雪混聲

等那人取路投草料場來
我是風，捲起滄州
一場黃昏雪──只等他
坐下，對著葫蘆沉思
我是風，為他揭起
一張雪的簾幕，迅速地
柔情地，教他思念，感傷

那人兀自向火
我們兀自飛落
我們是滄州今夜最焦灼的
風雪，撲打他微明的
竹葉窗。窺探一員軍犯：
教他感覺寒冷
教他嗜酒，抬頭
看沉思的葫蘆

這樣小小的銅火盆
燃燒著多舌的山茱萸
訴說挽留，要那漢子
憂鬱長坐。「總比
看守天王堂強些……」
好寥落的天氣──我們是
我們是今夜滄州最急躁的風雪
這樣一條豹頭環眼的好漢
我是聽說過的：岳廟還願
看那和尚使禪杖，喫酒，結義
一把解腕尖刀不曾殺了
陸虞侯。這樣一條好漢
燕頷虎鬚的好漢，腰懸利刃
誤入節堂。脊杖二十
刺配遠方

撲打馬草堆，撲撲打打
重重地壓到黃土牆上去

你是今夜滄州最關心的雪
怪那多舌的山茱萸，黃楊木
兀自不停地燃燒著
挽留一條向火的血性漢子
當窗懸掛絲簾幕
也難教他回想青春的娘子

教他寒冷抖索
尋思嗜酒——
五里外有那市井
何不去沽些來喫？

第一折所使用到的修辭技巧有：

轉　化	將人擬物或將物擬人的修辭技巧，合稱「轉化」。
楊牧〈林沖夜奔〉這一齣詩劇的第一折，就是將風、雪擬人之聲，以親臨現場，以見證林沖遭人陷害，英雄失路的悲劇手法。	
類疊與層遞	重複使用同一字詞、語句稱為「類疊」。不論是字詞的類疊，還是句與段落的類疊，均可因不斷反覆出現的字句，增加詩境的廣度，迴環詩情詩韻。句意依序層層遞進，或者遞減者，稱作「層遞」。
如果將類疊與層遞結合，更可以逐次加強詩文的氣勢，如「我是風……／我們是滄州今夜最焦灼的／風雪……／我們是今夜滄州最急躁的風雪……／你是今夜滄州最關心的雪……」，即由無情無緒的「我是風」逐次增強感情濃度至「你是關心的雪」，而隨著風與雪的情緒變化，讀者則也感受到林沖一步緊似一步的緊張處境。情節發展因之扣人心弦。	
示　現	是利用人的想像力，將事實上不聞不見的事物，說得如見如聞的一種修辭方法。
如：「我是聽說過的：岳廟還願／看那和尚使禪杖，喫酒，結義／一把解腕尖刀不曾殺了／陸虞候。這樣一條好漢／燕頷虎鬚的好漢，腰懸利刃／誤入節堂。脊杖二十／刺配遠方」這一大段情節，便是藉風雪之口陳述出來的。這番陳述，幫助讀者由風雪山神廟前，回溯至整起事件之初始與其發展過程，情境歷歷在目。	
移　覺	用形象的詞語，把某種感官的感覺移植到另一種感官上，可以令情境更為繁複。
如：「這樣小小的銅火盆／燃燒著多舌的山茱萸／訴說挽留，要那漢子／憂鬱長坐。『總比／看守天王堂強些……』」一段，即用「多舌」二字，巧妙地將「燃燒」的	

熱感覺移轉為聽覺——「訴說挽留，要那漢子⋯⋯」。	
設　問	是一種借用詢問語氣，引起注意的修辭技巧。
最後一行即用問句「何不去沽些來喫？」作結。一方面製造了懸宕氣氛，另一方面將風雪焦慮關切之情推向了高峰。	
排　比	是一種結構性的修辭技法。由於接二連三地表出同範圍同類型的意象，不但能加深印象，更可以鋪排出壯闊宏大的場面，或綿長跌宕的情境，美感於是乎生。
〈林冲夜奔〉除了第一折以外，每一折都是連用排比形式，推演林冲受難，奔赴梁山的故事，從而架構出這一齣氣勢磅礴的史詩。	
轉　品	是一種轉變詞性的修辭技法，可以活潑句氣，令感受多變。
如：「我是風，捲起滄州／一場黃昏雪」、「豹頭環眼」、「燕頷虎鬚」、「挽留一條向火的血性漢子」等詞句中的「黃昏」、「豹」、「燕」、「虎」、「血」都是名詞轉作形容詞。而「我們兀自飛落」的「飛」是動詞轉作形容詞。「脊杖二十／刺配遠方」中的「脊」與「刺」顯然是名詞轉作了副詞。	

至於常用的「誇飾」，指的是運用超過客觀事實很多，語出驚人的方式，震撼讀者的心靈，從而令讀者印象深刻的修辭。我們可用羅門的〈窗〉來解釋它：

猛力一推　雙手如流
　　總是千山萬水
　　總是回不來的眼睛

遙望裡
你被望成千翼之鳥
棄天空而去　你已不在翅膀上
聆聽裡

你被聽成千孔之笛
音道深如望向往昔的凝目

> 猛力一推　竟被反鎖在走不出去
> 　　　　　的透明裡

從「你被望成千翼之鳥」至「你被聽成千孔之笛」這一段的描寫，不但令想像飛揚，同時鮮活了詩之意象，是非常好的誇飾。

　　此處雖然僅以〈林冲夜奔〉與〈窗〉兩首詩為例，即可以窺見適切的修辭所點染出的藝術美感與豐富語情。不過，這兩首詩所運用到的修辭技巧並非全部，至於其他許多常見的修辭類別，本章將於簡要解釋後，做為「思考活動」的素材。

2.標點妙用

　　標點符號本身雖不具有聲音，也沒有類似於文字的形構可言，卻可以在詩文作品中增添詩文意義的明確度，協助表達文句的聲音語氣，並提供節奏及時間感。譬如同樣具備斷句作用，在念誦時，「。」的停頓時間最長，「，」其次，「、」則最短，因此它們在閱讀者的心理上造成的頓挫強度也各自不同；至於「？」除了是疑問符號，也可經營出懸宕效果；「！」代表的是驚異或誇張的表情；「……」點出的是餘意不盡的味道；「；」、「：」以及「—」、「——」的詮釋與分隔效果，往往可以延展詩的韻致。凡此種種精彩，已詳見〈風與風眼之乍醒〉一章，本章僅就標點符號所能提供的釋義功能略作說明。

名　　稱	符　號	說　　明
句　　號	。	用於句意完整的句末，具有總結的意思，也能傳遞一種「了結」的意味。
逗　　號	，	功能是斷句。斷句可以明確文句的意義，亦可加強文句所要傳遞的情緒或感情。
頓　　號	、	用於並列連用的詞、語之間，或標示條列次序的文字之後。
分　　號	；	用於分開複句中平列的句子。通常以分號隔開的句子，前後多有語意上的相關；而語意相對或轉折的分句，亦可用分號隔開。
冒　　號	：	用於總起上文，或舉例說明上文。有引語、解釋、標題、稱呼及列舉的作用。
引　　號	「　」或『　』	用於標示說話、引語、特別指稱及強調的詞語。
夾注號	── ──或（　）	用於行文中需要或補充說明。純粹注釋上文多用（　）；而作者往往為了詮釋或透露文句內在意涵，心理背景，常常使用（　），令它產生旁白效果。至於要使前後文氣連貫者則使用── ──。
問　　號	？	除了提問，也表示焦慮、茫然、游移不決的情緒。尤其將「？」倒置成「¿」，更能發揮改造符號的異類效果。
驚嘆號	！	用於感嘆語氣或加重語氣的詞、語、句之後。可強化情緒。
破折號	──	功能在於提到下文，總結上文，也可以表示語意轉折以及時間的延續。
刪節號	……	用於節略原文、語氣未完、意思未盡，或表示語氣斷斷續續等。有故意令語境不完整，以開放讀者自行想像咀嚼的空間之用。

讓〈錯誤〉更美麗

　　請參考下列相關修辭之定義，從鄭愁予〈錯誤〉的詩句中，找出對應的修辭技法，並加以分析說明。

　　　　　我打江南走過
　　　　　那等在季節裡的容顏如蓮花的開落

　　　　東風不來，三月的柳絮不飛
　　　　你底心如小小的寂寞的城
　　　　恰若青石的街道向晚
　　　　跫音不響，三月的春帷不揭
　　　　你底心是小小的窗扉緊掩

　　　　我達達的馬蹄是美麗的錯誤
　　　　我不是歸人，是個過客……

譬　喻	基於事物間的相似，「藉彼喻此」的一種修辭技巧。它可以幫助詩句擺脫單調無味，增添情趣，生出意象。可分為明喻、暗喻、隱喻、借喻，變化頗多。
【實例分析】	
借　代	不直接說出事、物本來的名稱，而借用和該名稱有直接相關的事、物名稱來代替。與譬喻很類似，不同的是，借代與被借代者有著本來就存在的聯繫性，兩者都能豐富新奇閱讀者的感覺，進而引起注意。

【實例分析】	
象　徵	以某種具體事物來寄寓某種精神品質或抽象事理。象徵有言在此而意在彼的作用，可以引發聯想，活化詩境，開拓詩意。
【實例分析】	
倒　裝	是將詞語或句子倒置的方法，往往可讓語句因此而多一分周折、多一分迴旋、多一分情韻。
【實例分析】	
摹　寫	是摹寫聲音或其他情態的修辭，摹寫成功，往往令詩文聲情畢現。
【實例分析】	
映　襯	將兩種意義相反、相對的事物或觀念對立並列，是利用「矛盾」現象來增強詩文張力的一種技巧。
【實例分析】	

思考活動

讓標點符號遊走成新詩

　　請創作一首含有多種標點符號的新詩，並讓這些標點符號在新詩中充分發揮效應。（請自由發揮）

【我的創作】

（二）修飾不當、弄巧反拙

首先比較商禽的〈凱亞美廈湖〉與余光中的〈望海〉：

〈凱亞美廈湖〉	〈望海〉
比水的清冽	比岸邊的黑石更遠，更遠的
更遠的	是石外的晚潮
是林木的蕭殺	比翻白的晚潮更遠，更遠的
比林木的蕭殺	是堤上的燈塔
更遠的	比孤立的燈塔更遠，更遠的
是山的凝立	是堤外的貨船
比山的凝立	比出港的貨船更遠，更遠的
更遠的	是船上的汽笛
是雲的蒼茫	比沉沉的汽笛更遠，更遠的
比雲的蒼茫	是海上的長風
更遠的	比浩浩的長風更遠，更遠的
是天的渺漠	是天邊的陰雲
比天的渺漠	比黯黯的陰雲更遠，更遠的
更遠的	是樓上的眼睛
是我的	
望　眼	

仔細比較，這二首詩基本的形式與結構是類似的，其情隨景遷、層遞轉深的設
計匠心一般無二，其所表達的情境旨意也彷彿相像，但它們所呈現出來的氣質
卻不一樣：前者清峻，後者雄渾；前者明白，後者含藏。原因就在於〈凱亞美
廈湖〉用「清冽」、「凝立」、「蒼茫」、「渺漠」等形容詞，直接點明了人物的心

境。〈望海〉則僅羅列「黑石」、「晚潮」、「燈塔」、「貨船」、「汽笛」、「長風」、「陰雲」等景物，間接地傳達人物心思，無形中，給予了讀者自行咀嚼品味的空間，所謂「含吐不露」的厚度，反而因捨形容詞改用名詞而產生。

　　然而，並不是所有的修辭都能得到相成的效果，換句話說，若是修辭不當、多餘或謬誤，則不但不能令詩篇增色，反成累贅。如下面這一首詩：

> 太陽的爪子柔軟有力
> 走向四面八方
> 殷紅的血
> 在皺摺的光裡
> 如蛇行
> 蒼白的魚鱗
> 飢渴的
> 切開樹的舊傷

「爪子」如何柔軟又有力？如何「走」向四面八方？「殷紅的血」又如何「蒼白」如「魚鱗」，並切開「樹的舊傷」？全詩意象矛盾，充滿了因刻意求奇過度修飾，而造成的荒謬感。

　　相形之下，吳晟的〈蕃薯地圖〉雖然一臉素淨，直寫白描，卻恰恰符合了這首詩應有的鄉土性格與風格：

> 阿爸從阿公粗糙的手中　　　　阿爸從阿公石造的肩膀
> 就如阿公從阿祖　　　　　　　就如阿公從阿祖
> 默默接下堅硬的鋤頭　　　　　默默接下緊韌的扁擔
> 鋤呀鋤！千鋤萬鋤　　　　　　挑呀挑！千挑萬挑
> 鋤上這一張蕃薯地圖　　　　　挑起這一張蕃薯地圖
> 深厚的泥土中　　　　　　　　所有的悲苦和榮耀

阿爸從阿公木訥的口中　　雖然，有些人不願提起
就如阿公從阿祖　　　　　甚至急於切斷
默默傳下安分的苦誡　　　和這張地圖的血緣關係
說呀說！千說萬說　　　　孩子呀！你們莫忘記
記錄了這一張薈薈地圖　　阿爸從阿公笨重的腳印
多難的歷史　　　　　　　就如阿公從阿祖
　　　　　　　　　　　　一步一步踏過來的艱苦

　　由此可知，創作新詩時，不論選擇濃抹淡妝，還是素面迎人，都應恰如其分，而讀者所鑑賞的便是這「恰如其分」所展露的美感與快感。

吳晟 (1944～　　)

本名吳勝雄，臺灣彰化人。屏東農專（今屏東科技大學）畢業後，任教於中學，現已退休，專事耕讀。他的詩和散文，內容皆取材於農村生活經驗，語言樸實明朗，在臺灣文壇別樹一幟。曾獲第二屆中國現代詩獎，並應邀赴美進行訪問。著有《吳晟詩選》、《吾鄉印象》、《筆記濁水溪》等詩集；《農婦》、《一首詩一個故事》等散文集。

四、破解後現代詩的密語

　　關於「後現代」的定義，詩人羅青在《詩人之燈》中說：

　　所謂「後現代」(postmodern)，對社會而言，是所謂的「後工業時代」；在知識傳承的方式上，是所謂的「電腦資訊」；反映在文學藝術上，則是「後現代主義」。❶

　　簡而言之，羅青認為：「後現代主義」是因應電腦資訊發達的後工業時代，

---

❶參見羅青：《詩人之燈》（臺北：東大，1992），頁 254。

發展出來的一種新文學藝術形式與概念。也就是說，二次大戰後，由於電腦科技與資訊工程的突飛猛進，不僅改變了人類生活的樣態，也影響了人類的價值建構與思維模式：古今中外所有的知識竟然只消滑鼠一點，就可以無限交流；可以任意經由「拼貼」手段重新組合各類資訊，可以用「後設」方式複製任何物事。例如當下許多歌手的專輯，其實是在錄音間多次試唱，然後剪輯拼湊而成的作品；孟姜女哭倒長城的歷史悲劇可以轉化為反諷性、遊戲性十足的潤喉糖廣告。這些作法——不僅突破了時間與空間的次序、顛覆了內容與形式間的必然聯繫，也同時瓦解了之前所強調的結構性與核心價值觀。

質言之，後現代具備了「解構」、「去中心」、「內容與形式分離」、「拼貼」等現象，某種程度反應了其消解專業的獨斷性與崇高性的主張。

所有的文學藝術——尤其是詩所映照的，往往是時代的靈魂。以「解構」等概念為基礎的後現代詩所展現的特色，表徵的恰恰是二十世紀末以降的時代情態。簡單地說，「解構」就是解除一切傳統視作理所當然的理性思維、邏輯語言，乃至於系統結構及中心信念；形式與內容不再需要有內在的聯繫，文字符號可以任意連結、割離，不必具備意義。而通過後現代詩，乃能讀取到屬於這一時代的心情故事，並掌握屬於這一時代的存在模式。茲就其中幾項重要的後現代詩特質，分別說明如下：

（一）去中心與隨機性

後現代主義的要義之一即是「去除核心意旨」的精神，為了與之若合符節，後現代詩人十分強調「去中心」與「隨機性」。除了試圖將高層文化和通俗文化互相混合，如將詩句與卡片或火柴盒結合、創作轉蛋等等，甚至刻意消解文字的意符功能，漠視文法結構。如陳黎的〈小城〉，便充分展示了這樣的特質：

遠東百貨公司
阿美麻糬
肯德基炸雞
惠比須餅舖

凹凸情趣用品店

百事可電腦

收驚

震旦通訊

液香扁食店

真耶穌教會

長春藤素食

固特異輪胎

專業檳榔

中國鐵衛黨

人人動物醫院

美體小舖

四季咖啡

郵局

大元葬儀社

紅蓮霧理容院

富士快速沖印

這首詩是花蓮某一街道上的市招實錄。由於這些市招是隨著市民們生活上的需要隨機出現的，詩人如實呈現市招的作法，自然便體現了這種隨機性。詩句的排序一如市招的次第，絕對可以任意更換，而不至於影響詩意，也就是說，這種隨機性，拆解了「結構」之必然性，也抹煞了詩的中心意旨。這種文字符號可以隨意排列組合，各有意涵，也全無意義，因而喪失了積極性語言功能的作法。夏宇的〈連連看〉發揮的尤其淋漓盡致。

（二）拼貼

其次是「拼貼」。後現代詩人把各種素材（如報紙標題、占星術、專欄文章、影片、廣告等）加以拼貼成詩，這種作法叫做「拼貼」，其目的在使「崇高滑落」

（即不再有權威式的英雄崇拜與信仰）。如林燿德〈交通問題〉：

紅燈／愛國東路
／限速四十公里
／黃燈／民族西
路／晨六時以後
夜九時以前禁止
左轉／綠燈中
山北路／禁按喇
叭／紅燈／建國
南路行駛／施工中請
繞羅斯福路五段
黃燈／權讓路
／綠燈民先行
／紅燈／內環車
平路／單行道／北

這首詩顯然是將臺北街道與交通號誌巧妙地組合在一起所完成的一首詩。若是作為政治詩來解讀，它又有了反諷性。

（三）即興

所謂「即興」就是指一種不刻意的，隨當下情境反應的現象，例如夏宇的〈一九七九〉，從「你沒有想過……我這樣回答」，這一大段隨想隨寫的囈語，傳遞的就是當下無可無不可，遇到即是的情愛態度。這是典型的即興式的筆法。而前面所引的陳黎的〈小城〉也某種程度地呈露了即興的意味：小城居民的生活很即興，市招的安排很即興，因此陳黎的〈小城〉寫來也很即興。

（四）諧擬

「諧擬」是模仿也是反諷，顏艾琳的〈瑪麗蓮夢露〉便透露了屬於諧擬的風情：

「這裡躺的是瑪麗蓮夢露。

36，24，36」——摘自其墓誌銘

A教授推上滑落的眼鏡，

慎重地告訴我：

其實，瑪麗蓮夢露
是純粹普普主義的作品。

第二次世界大戰以後，
可口可樂的瓶子
便大大流行起來，
這同瑪麗的三圍
有著相當的關聯。
據說：
有些男子，利用可口可樂的空瓶——
自慰並射精……

難怪瑪麗自殺

她先引用美國著名女星瑪麗蓮夢露的墓誌銘「36，24，36」作為開場白，做為
小序，也做為伏筆。然後再刻意地藉 A 教授之口，暗示可口可樂瓶的曲度，是
模仿自夢露的三圍曲線：一方面反諷了男性的意淫心態，一方面揭露了夢露被
物化的悲哀，而作者把教授冠以 "A" 字的作法，只怕也是別具用心。

（五）形式與內容分離

關於「形式與內容分離」這樣的創作概念，藉由陳黎分別於 1976 年（此作
又修正於 2010 年）及 1995 年所創作的兩首風格形式截然不同的〈雪上足印〉，
將可以窺得一二：

1976 年創作、2010 年修正的〈雪上足印〉如下：

因冷，需要睡眠
深深的
睡眠，需要

　　　天鵝一般柔軟的感覺
　　　雪鬆的地方留下一行潦草的字跡
　　　並且只用白色，白色的
　　　墨水
　　　因他的心情，因冷
　　　而潦草
　　　白色的雪

這一首詩無論其創作形式與意涵呈現與傳統的創作方式相距不遠，讀完這首詩，讀者幾乎可以立即掌握這首詩的意思。「因為冷，逐漸失去體能，而腳步蹣跚，殘留於雪上的足跡是撩亂的，是白色的，一如那人的心情」──其文字所表達的意涵清晰、飽足；其意象與情境的呈現勻稱、平衡，形式與內容之間連結密切。

　　　至於 1995 年所寫的〈雪上足印〉，則是這樣的：

　　　　　　　　　　　　　　　　　　　　　　%

　　　　　　　　　　　　　　　　　　%

　　　　　　　　　　　　　%

　　　　　　　　%

　　　　　　　•

　　　　　　　　　•
　　　　　•

這一首詩，僅由「%」與「•」這兩種由小漸大然後再由大漸小，所組成的圖形呈現；如果不是題目明示了詩意，「%」所表述的究竟是腳印，還是符號「百分比」？「•」指的是墨跡還是足跡？都不確定，遑論「雪上」這一意象。也就是說，這一首詩的圖像與其所欲表達的內容，其間的連結性較前一首詩顯然疏離許多，形式與內容分離的創作企圖於焉可見。

（六）嵌入後設語言

　　「後設語言」即是對語言本身（即對象語言）詮釋、說明的語言，也就是語言中的語言，乃後現代的語言模式之一。如顏艾琳的〈速度〉：

山，退後

樹，退後

雲，退後

河，退後

人，退後

高樓退後

霓虹退後

夕陽退後

馬路退後

愛情退後

悲歡退後

歷史退後

…………

…………

時光退後

在一四〇的指數上

我駕馭著速度

如此看見

唯我

前

進

。

「在一四〇的指數上／我駕馭著速度」這兩句詩，乃是「山，退後／……時光退後」這一部分詩句的詮釋；也就是說「在一四〇的指數上／我駕馭著速度」說明了「山」為什麼退後，乃至於「時光」為什麼退後的原因。這兩句詩可以視作「後設語言」，它們具有詮釋其它詩句的功能。此外全詩以「⇩」這一圖形呈現，這一形式也同時詮釋了題意。

又如林燿德的〈蚵女寫真——報導攝影實例示範〉：

鹹的風
鹹的潮
鹹的砂礫
（我必須忠於鏡頭
　鏡頭必須忠於歷史）
稻穗豐饒的幻像
在海平線前飄移
她的生命
醃在不老不死不滅的鹽裡
（快快按下快門
　小馬達在機身中翻轉底片）
鹽　鹽是她肌膚自幼凝聚的色澤
用鹽的晶方鑄成的乳房
脹滿鹹濕的青衫
四季輪替……
（我不會不誠實，用舊底片欺瞞）
在沒有空間只有時間
在蚵寮村
世世代代
蚵女勃張而憤懟粗糙如鋼筋的腳趾
種植在外傘頂洲鬆弛的皮膚上

（這一張，要適度曝光
　在暗房中，沖曬出……）
啊永無表情的蚵仔蹲踞著
啊永無耳目的蚵仔蹲踞著
啊永無口舌的蚵仔蹲踞著
啊永無臉孔的蚵仔蹲踞著
（我的鏡頭必須適度剪裁
　才能捕捉到真相中的真相）
蚵仔的腥氣帶來生存的歡愉
蚵肉綿綿
一筐筐新鮮上市
胸脯綿綿
一個個稚子問世
鄉情綿綿
她的男人
也擁有帶腥氣的糾結腹肌
（誰敢輕視，我一卷卷
　黑白底片擬古的傷逝）
每一次颱風撲襲
她用綿綿的胸脯死硬護守
飄搖剝離的蚵架

（我替她在面頰抹一把泥
　以致於保持住自然的神色）
每一次颱風撲襲
狂風捲走了人間一切的溫度
沖走蚵仔
卻沖不走腥氣
分不清，淚和雨
　（請側頭哭泣，社會大眾才有同情）
請再經歷一次災變
（攝影師心中的傷口比蚵屍更鹹更腥）

長堤崩裂
海水倒灌
沙洲不堪承受的苦難狠心降臨
直到隔夜
蚵仔們腫脹的屍首被
浪濤恭恭謹謹地奉還給蚵女
啊她的靈魂是美而聖潔的祭品
獻給不老不死不滅的鹽
獻給整塊海洋抽搐摻血的色澤⋯⋯

這一首詩是由兩部分構成：一部分呈現的是影像，經營的是視覺效果，還兼具報導文學意味；另一部分，也就是括號內的部分，傳遞的是報導者（或攝影者）的心聲，屬於聽覺，這兩部分的文字所形成的對話則揭露了所謂「寫真」的扭曲性、虛偽性；亦即，不論文字或攝影，可能都只是被報導者單一視野所掌控的結果。因此，題目中的副題「報導攝影實例示範」，除了暗示出作者對「寫真」與報導這一類媒體文學的質疑，並後設性地為這一首詩的創作規則，或者說遊戲規則做了界說。當然，括號內的文字也可視作對另一部分「報導性」文字深具反諷性的說解，亦具後設效果。

（七）泯滅文類界限

在後現代的創作概念中，文類的分界有時候會被刻意模糊，例如鴻鴻的〈超然幻覺的總說明〉：

I 改錯字
　1.昨晚我的初變情人打電話給我訴說她的近況
　2.我才發陷自彼時以來我再也沒有戀愛過
　3.我記得冰涼的大理石椅在二十碎的夜空之下一如現狀

4.而已經停滯成死水的是當初許願立誓的遲塘

II 填充題

1.後來我做了海盜、槍兵、酒商、_____、也自首過幾次

2.我畫畫、蓋房子、吃_____、也寫過武俠文學現代詩

3.我常聽氣象預告也看看報紙上的_____、MTV

4.總之我成了_____個和以前完全不一樣的人一直到今日

III 單複選

1.我〔1.一定會 2.很可能 3.決不敢〕娶下我最深愛的人

2.我寧可娶一名〔1.數學家 2.政治犯 3.小學教師〕以界定我生命的流程

3.颱風一年打擊本島〔1.一次 2.兩次 3.三次 4.四次以上〕

4.我每一次都期待它會帶回〔1.你的歌聲 2.你的髮型 3.你的淚水 4.以上皆非〕

IV 計算題

1. 20 年成長＋3 個月交往＋無數未來一共有多少？

2. （母奶＋牛排＋蘋果麵包）×情人的唇舌會起什麼樣的化學作用？

3.試證他人的妻子＝我的妻子之於一個女人的生活是否為一恆等式？

4.並找出記憶、真實、狂歡、夢魘、與生命所圍繞的那個超然幻覺的 X

V 標點符號

而這一切猶如當年的我坐在數學課堂中她偷偷溜給我看試卷一角

我感到甜蜜竊喜卻同時幻及無可彌補的哀傷知道她遠在我之前方

並且逐漸離去成為一位平凡的女子然而一切均與我無涉只知道電

話筒猶在手中而一生還很長很長——

七十五年五月廿一日出題

　　這一首詩，不論是語言還是形式，簡直就是一份考卷的移植：「改錯字」、「填充題」、「單複選」、「計算題」及「標點符號」是現代所有考卷的基本題型，同時也象徵著一個人在不同的成長階段不同的生命命題。

　　此外，「錯字」其實另有歧義，「填空」等待的是因人而異的填補，「單複選」

提供的是各種可能的選項，「計算題」的答案其實充滿了不確定性，至於「標點符號」則屬於後設語言——「永遠是那麼寂寥遲緩無法分解無法斷句無人收卷的一生還是很長很長很長——」既詮釋了整首詩「人生就是一份考卷」的意旨，也詮釋了這一段內容沒有斷句的原因。試卷與詩作本來是兩種完全不相干的文類，在這一首詩中卻被作者泯滅了其界限，作了刻意的連結。

自羅青、向陽，以至夏宇、蘇紹連、林燿德、顏艾琳、羅智成、林群盛、陳黎、陳克華、鴻鴻等作家，所開創出來的詩境，讀者可以發現作者用數位科技把詩搬上網際網路的企圖，可以察覺作者操弄大眾文化膚淺符號的遊戲，也可以追隨作者百無禁忌地創造話題，試探更新穎的語言，更奇詭形式的野心。除了一般新詩的類型，詩人們還創作了錄像詩、科幻詩、生態詩、都市詩、視覺詩、語言詩，更奇詭的圖象詩、符號詩、轉蛋詩等等無奇不有的型類，挑戰讀者的接受度。縱意於後現代嚇人又引人入勝的超前衛宇宙，其實是一場閱讀與心靈的奇險之旅。

任何文學作品，或者是作者自身理念及情感的投射，或者是一個時代風氣、心理的反映。閱讀詩作，除了關注詩作本身意涵，若能再就作者生長的環境、生活經驗或時代背景作一瞭解，將更有助於掌握其作品的質性及意義，閱讀後現代詩時尤需如此。閱讀後現代詩而不知「後現代」為何物，肯定會被「後現代」所設的迷障誤導，不是一頭霧水，便是錯認後現代詩是劣質的戲作而不屑一顧，相當可惜。

五、結語

新詩應該是最能代表當代精神的文學形式之一，它撥動的是這個時代的心弦。閱讀新詩，就如同閱讀自己與同時代人的心靈，如何可以輕易錯過？

因此，不論是涵詠詩的意涵以追索詩心，還是解析詩的作法、聲律，鑑賞詩趣，只要有心，必能撥開重重迷霧回應詩之小花的輕呼。而那得以與詩相互呼應的剎那，即足以豐盈生命。

簡政珍在《詩心與詩學》一書中曾說：「詩是一場紙上風雲。」這場風雲引

發了一些屬於作者與讀者之間心靈相互激盪與溝通的故事。寫詩是一種藝術，同樣的，讀詩也是一種藝術，它考驗的是作者與讀者之間的默契。

課後練習

(　　) 1.下列詩句均是用詞貼切的佳句，而其中唯一沒有運用轉化技法以美化詩句的是： (A)給夢一把梯子　(B)給想像一對翅膀　(C)給荒原一對粉蝶　(D)給心情一把梳子。

(　　) 2.請細讀鄭愁予的〈偈〉，並選出正確的選項：

不再流浪了，我不願做空間的歌者，

　寧願是時間的石人。

然而，我又是宇宙的遊子，

　地球你不需留我。

這土地我一方來，

　將八方離去。

(A)這首詩是對永恆有所質疑的抒情詩　(B)這首詩充分地流露出對生命無常的恐懼感　(C)全詩六行，格局精小，而其所呈現的時空境界卻十分宏大，是內容與形式不能相稱的錯誤作法　(D)本詩運用映襯方式烘托出了作者任運自在的生命態度。

(　　) 3.下列這一首非馬的詩，所描寫的是一種樂器，請就其內容線索，判斷應是哪一種樂器？

他們把／竹林裡的風聲／小橋下的流水／溫存親切的笑語／孩童的嬉戲／陽光裡月光下的牛鳴犬吠／鳥叫雞啼與蟲吟／還有天邊悠悠傳來的／一兩聲山磬

統統封入／這時代密藏器／然後深埋地底／讓千百年後的花朵／有機會聽聽

一個寧謐安詳的世界

(A)古琴　(B)編鐘　(C)銅鼓　(D)竹笛。

課間活動 & 課後練習答案解析

發現詩的張力

1. 「風聲」至少有兩個作用：(1)寫淒冷的景；
   (2)作為笛聲音樂的暗喻。
2. 「不眠的眼」具有不眠的夜生活，以及瞎子的歧義。
3. 「黑夜的巷尾」既寫實景，復可象徵盲者的生命旅程。
4. 「按摩過去」竟將一雙不眠的眼所連結的視覺領域轉換為觸覺——這是極為成功的移覺技巧。而詩的意旨乃由瞎眼的暗示轉為按摩此一行業。

如此繁複的意象，作者用了不到三十字就完整的交待了出來，這正是文字密度的高度發揮，而詩的張力也從而展現。

詩句的排列遊戲

按邏輯應排列為④③①②。

「蘋果成熟落地」，不一定非得和牛頓的地心引力聯結，它可以純屬人生議題——除了意旨，這首詩更值得玩味的是詩句的排序：這首詩的句序，是不合邏輯的，是刻意錯置的，讀者在閱讀這首詩時，必須先放慢思考的步調，重新組合思維的次第——將①②③④重組為④③①②，才能順利地釋義；而這一番周折，便迂曲了詩情與詩韻，此之謂巧思，也是鑑賞新詩時，所能獲取的深度趣味。

繁商禽咳嗽

商禽〈咳嗽〉原詩：

坐在

圖書館

的

一室

的

一角

忍住

直到

有人把一本書

歷史吧

掉在地上

我才

咳了一聲

嗽

將商禽的〈咳嗽〉去其間隔、合理斷句、依序行列，那麼原詩所呈現的種種聲情與姿態，將消失無蹤，詩的生動意象也隨之僵化、稀釋。

哪一隻是教室裡的獸

原詩的結構形式為第 1 篇。第 2 篇分行的〈獸〉，也許更接近新詩的樣貌；弔詭的是，散文形式所凝聚出的濃稠的視效與逼人的戰慄氣勢，反而因分行分段打散了。

讓〈錯誤〉更美麗

譬喻：1.明喻：那等在季節裡的容顏如蓮花的開落、你底心如小小寂寞的城、（你底心）恰如青石的街道向晚。

　　　2.借喻：東風不來，三月的柳絮不飛。

　　　3.隱喻：你底心是小小的窗扉緊掩。這幾句詩不僅極盡變化之能事地運用到了種種譬喻技巧，喻依的選擇也恰如其分地豐潤了喻體的神情，令全詩的意象翻飛，美不勝收。

借代：如「那等在季節裡的容顏如蓮花的開落」中，即以「季節」借代「時間」，以「容顏」借代女子。

象徵：如「那等在季節裡的容顏如蓮花的開落」一句，「蓮花」除了可作為等待女子的喻依，更可以因其「出淤泥而不染」的特質，象徵女子堅貞自守的情懷。此外，此詩二、三段高出第一段的結構形式，則象徵著女子深處閨閣，高處不勝孤寒的處境。

倒裝：1.恰若青石的街道向晚→恰若向晚的青石街道。

　　　2.你底心是小小的窗扉緊掩→你底心是緊掩的小小窗扉。

句式還原之後，將可發現原型句反而會由於表意直截了當，音速變快，因而失去了可令心理情感跌宕迴旋的空間。

摹聲：「『達達』的馬蹄」便是典型的例子。那自向晚的青石道上傳來的馬蹄聲，既敲動了千萬讀者的心，也為「美麗的錯誤」鋪展了「浪漫而灑脫」的音效背景。

映襯：「美麗的錯誤」就是利用這種矛盾性所營造出來的華麗詭辯；而「我不是歸人，是個過客……」的對比情境尤其淒美，令人不禁生出一種無可如何的心緒。

 課後練習

解答

1. C　　2. D　　3. B

Ⅵ 光之無盡的灑落
——新詩的無限可能

李明慈

✳ 內文提要

在本章我們將思考：

◆ 詩如何與流行音樂祕密共生？又如何在華語流行音樂上佔有一席之地？

◆ 詩創作如何跟廣告互涉？詩化的廣告文案有何特色？

◆ 詩如何掌握不同媒材，與影像、圖片、數位作一結合？

◆ 詩如何變身在藝術之中？（包括新詩物件化、遊戲化案例、公共藝術的跨界變種繁衍，及文化交流的「詩歌節」嘉年華）

一、詩與流行音樂

（一）新詩與流行音樂的祕密共生

詩與歌詞的關係，從《詩經》開始，就已難分難解。上古時代由民歌變為文人的詩歌創作，而過去三十年間，許多新詩曾化身為校園民歌❶，或流行金曲，佔據點播及銷售排行榜的顯著位置。如胡適的〈蘭花草〉，徐志摩的〈再別康橋〉、〈我不知道風是在哪一個方向吹〉，席慕蓉的〈出塞曲〉，鄭愁予的〈錯誤〉、〈情婦〉、〈偈〉、〈牧羊女〉，余光中的〈民歌手〉、〈迴旋曲〉、〈鄉愁四韻〉，洛夫的〈美目盼兮〉，羅青的〈答案〉，白萩的〈雁〉，向陽的〈菊嘆〉等詩人的作品，均被譜曲演唱，傳誦一時。

其中 1975 年余光中作詩，楊弦譜曲的《中國現代民歌集》，引領校園民歌的風潮，隨後蓬勃興起的「金韻獎」，新詩作品入樂者眾多，甚至後民歌時期的流行歌手也曾演唱余光中、陳克華、夏宇等人之作。

1981 年齊豫發行《祝福》專輯，全為李泰祥譜曲而成的新詩詩作。其中白萩的〈雁〉，羅青的〈春天的浮雕〉頗受歡迎，而余光中的〈傳說〉更獲當年金鼎獎最佳作詞獎。1984 年齊豫《有一個人》專輯，徐志摩、鄭愁予、席慕蓉、羅門、瘂弦等人的作品，均收錄其中。

隨著民歌式微，文學音樂的專輯較少出現，此一時期詩人陳克華、夏宇（以童大龍、李格弟、李廢為名）亦投身歌詞創作，橫跨流行音樂與藝文界。同時著名歌手如陳淑樺曾演唱席慕蓉〈七里香〉，羅大佑曾演唱余光中〈鄉愁四韻〉，均能傳誦一時。

---

❶「校園民歌」是臺灣七〇年代，大學校園興起的一種音樂風格，特色是以吉他、鋼琴伴唱。1975 年，楊弦與胡德夫在臺北市中山堂演唱為余光中〈鄉愁四韻〉等新詩譜曲的作品，被視為臺灣現代民歌發展的濫觴。校園民歌的創作，初期以「用自己的語言，創作自己的歌曲」為理念，想與西洋流行音樂抗衡，其後在清新民歌風格外，作品更添加了人文關懷和社會責任。至九〇年代，此一風潮漸漸式微。

　　而 2002 年詩人夏宇組成團員龐大的「愈混樂隊」，寫詩入樂，發行同名專輯，在臺灣地下音樂界及兩岸三地頗受好評。並持續為陳綺貞、蘇打綠、張懸等人創作歌詞。而長期與周杰倫合作的新世代作詞人方文山，出版了《關於方文山の素顏韻腳詩》，亦引發不少的討論。

　　2008 年文建會臺灣文學館邀集了多位當代出色的創作歌手，以吳晟的詩為詞，將之譜寫成歌，並衍生出《甜蜜的負荷：吳晟詩‧歌》有聲產品。或許我們渾然不覺，但新詩與流行音樂正以祕密共生的姿態，隱藏在你我周遭。

（二）新詩入樂的幾種模式

　　歌曲重在能琅琅上口，有流傳性。流行歌曲的旋律，常有主歌、副歌之分。而新詩的形式自由，韻律、節奏性強的作品較易入樂，如鄭愁予「那有姑娘不戴花，那有少年不騎馬」（〈牧羊女〉），就比「我不是歸人，是個過客」（〈錯誤〉）譜曲後貼近流行音樂。以下試舉新詩入樂的幾個例子：

1. 以原詩入樂，文字未加更動

　　如羅大佑演唱的〈鄉愁四韻〉：

給我一瓢長江水啊長江水　　　給我一片雪花白啊雪花白
　　酒一樣的長江水　　　　　　　　信一樣的雪花白
　　醉酒的滋味　　　　　　　　　　家信的等待
　　是鄉愁的滋味　　　　　　　　　是鄉愁的等待
給我一瓢長江水啊長江水　　　給我一片雪花白啊雪花白

給我一張海棠紅啊海棠紅　　　給我一朵臘梅香啊臘梅香
　　血一樣的海棠紅　　　　　　　　母親一樣的臘梅香
　　沸血的燒痛　　　　　　　　　　母親的芬芳
　　是鄉愁的燒痛　　　　　　　　　是鄉土的芬芳
給我一張海棠紅啊海棠紅　　　給我一朵臘梅香啊臘梅香

「鄉愁」是常出現在余光中詩作的主題。〈鄉愁四韻〉四段以排比呈現，結構及韻腳整齊（水、味；紅、痛；白、待；香、芳），意象鮮明（長江水、海棠紅、雪花白、臘梅香），本就帶有民歌一唱三疊的韻味。

　　羅大佑在演唱時，完全依照原詩，四段旋律一致，未分主副歌，以吉他奏出主旋律，間歇點綴電子合成樂聲，極簡的樂器配置，搭配沙啞的嗓音，別有一番滄桑感。

2. 引原詩入樂，但重複強調主題字句

〈偈〉	〈偈〉
鄭愁予	唱：王海玲

不再流浪了，我不願做空間的歌者， 　寧願是時間的石人。 然而，我又是宇宙的遊子， 　地球你不需留我。 這土地我一方來， 　將八方離去。	不再流浪了，我不願做空間的歌者， 　寧願是時間的石人。 然而，我又是宇宙的遊子， 　地球你不需留我， 　這土地我一方來， 　將八方離去。 　地球你不需留我， 　這土地我一方來， 　將八方離去。 （全首重複一次）

鄭愁予的〈偈〉一詩，呈現變化中的規律，「不再流浪」與「宇宙的遊子」並陳，「空間的歌者」與「時間的石人」對舉，流浪的主軸穿插在時空的大格局中，富含哲理卻又餘韻無窮。

　　演唱時重複強調「地球你不需留我／這土地我一方來／將八方離去」，凸顯流浪的命運。加以王海玲清亮高亢的嗓音，呈現出空靈宛轉又遺世獨立的感受，亦使詩中「空間的歌者」有了立體的展演。

3.遷就歌曲節奏、求合乎曲調，改編原詩：從吳晟〈序說〉到羅大佑〈吾鄉印象〉

〈序說〉	〈吾鄉印象〉
吳晟	改編歌詞／曲／唱：羅大佑

古早古早的古早以前	古早的古早的古早以前
吾鄉的人們	吾鄉的人們就懂得開始向上仰望
開始懂得向上仰望	吾鄉的天空傳說就是一片
吾鄉的天空	無所謂的陰天和無所謂的藍天
就是那一副無所謂的模樣	
無所謂的陰著或藍著	古早的古早的古早以前
	自吾鄉左側延綿而近的山影
古早古早的古早以前	就是一大片潑墨畫
自吾鄉左側綿延而近的山影	緊緊的貼在吾鄉的人們的臉上
就是一大幅	
陰鬱的潑墨畫	古早的古早的古早以前
緊緊貼在吾鄉人們的臉上	世世代代的祖公
	就在這片長不出榮華富貴
古早古早的古早以前	長不出奇蹟的土地上
世世代代的祖先，就在這片	揮灑鹹鹹的汗水
長不出榮華富貴	播下粒粒的種子
長不出奇蹟的土地上	繁衍他們那無所謂而認命的子孫
揮灑鹹鹹的汗水	
繁衍認命的子孫	(OP: Universal Ms Publ Ltd.)

吳晟的〈序說〉中，由三度空間中的仰望天空、綿延山影、再到面前長不出奇
蹟的土地，質樸地展現先民生活的刻苦與久遠。羅大佑改編歌詞譜成〈吾鄉印
象〉，三段是重複的歌曲旋律，與原詩最大的不同，在於為了遷就歌曲節奏、求

合乎曲調，改編詞更加凝鍊簡約。

其實 2008 年出版的《甜蜜的負荷：吳晟詩‧歌》專輯中，幾乎均為改編之作；為求合於曲調而更動原詩文字，這是以前較少出現的模式。

（三）新詩與歌詞的比較：以〈七里香〉為例

席慕蓉的〈七里香〉出自 1981 年出版的同名詩集《七里香》，八○年代曾為歌手陳淑樺演唱過。而周杰倫 2004 年發行的第五張專輯《七里香》，亦曾收錄方文山作詞的〈七里香〉。

追溯創作背後的傳統，方文山自言：「學生時代就非常喜歡她（席慕蓉）的詩，句子很淺顯，但有種清清淡淡的哀愁。用〈七里香〉作歌名，算是對學生時代的一個紀念。」❷席慕蓉的〈七里香〉影響了方文山的〈七里香〉，但是流行歌詞就是新詩嗎？流行歌詞與新詩是否又有何不同？以下試將兩作，簡要比較：

1.席慕蓉詩作〈七里香〉

詩：席慕蓉　　唱：陳淑樺	說　明
溪水急著要流向海洋 浪潮卻渴望重回土地 在綠樹白花的籬前 曾那樣輕易地揮手道別 而滄桑的二十年後 我們的魂魄卻夜夜歸來 微風拂過時 便化作滿園的郁香 （重複演唱第二段）	(1)主題：對往昔年少愛情的追憶 (2)敘述者：我 (3)場景：「綠樹白花」的七里香籬前，是少年時揮別愛人之地 (4)意象：凝鍊集中於單一事物 　①「浪潮卻渴望重回土地」，指對往昔愛情的追憶 　②「滿園的郁香」，意即七里香的香味，象徵縈繞至今的淡淡戀愛回憶

---

❷參見孫立梅 2005 年 3 月 22 日「新浪網」報導：〈從推歌員到金牌詞人　方文山：跟周董是難兄難弟〉(http://ent.sina.com.cn/y/o/2005-03-22/2018683302.html)。

2.方文山詞作〈七里香〉

詞：方文山　　唱：周杰倫	說　明
窗外的麻雀　在電線桿上多嘴 妳說這一句　很有夏天的感覺 手中的鉛筆　在紙上來來回回 我用幾行字形容妳是我的誰 秋刀魚的滋味　貓跟妳都想瞭解 初戀的香味就這樣被我們尋回 那溫暖的陽光　像剛摘的鮮豔草莓 妳說妳捨不得吃掉一種感覺 雨下整夜　我的愛溢出就像雨水 院子落葉　跟我的思念厚厚一疊 幾句是非　也無法將我的熱情冷卻 妳出現在我詩的每一頁 雨下整夜　我的愛溢出就像雨水 窗臺蝴蝶　像詩裡紛飛的美麗章節 我接著寫　把永遠愛妳寫進詩的結尾妳是 我唯一想要的瞭解 那飽滿的稻穗　幸福了這個季節 而妳的臉頰像田裡熟透的蕃茄 妳突然對我說　七里香的名字很美 我此刻卻只想親吻妳倔強的嘴 　　　　(OP: Alfa Management Co. Ltd.)	(1)主題：與初戀情人相逢 (2)敘述者：我 (3)對象：「妳」，再度重逢的情人 (4)意象：麻雀象徵外在的流言流語； 　　貓象徵情人；溫暖的陽光象徵初 　　戀的感覺；雨水象徵愛；落葉象 　　徵思念；詩象徵情人、愛情；七 　　里香在此隱喻被愛情圍繞 (5)表現手法：以外在景物的鮮活比 　　喻來表現愛情的不同狀態 (6)特色： 　　①清新可喜，琅琅上口，寫出愛 　　　情的熱烈與義無反顧 　　②為求詩歌琅琅上口的效果，刻 　　　意營造押韻的句式

方文山 (1969～　　)

臺灣花蓮人。成功工商畢業。專長作詞、填詞、寫作。曾多次入圍金曲獎最佳作詞獎，並以〈威廉古堡〉及〈青花瓷〉榮獲金曲獎最佳作詞人獎。曾以〈飄移〉獲第 42 屆金馬獎最佳原創電影主題曲獎。現職華人版圖出版社總編輯。著有《半島鐵盒》、《關於方文山の素顏韻腳詩》、《中國風：歌詞裡的文字遊戲》等。

3.小結

　　方文山認為席慕蓉的詩作語言潔淨度極高，不諱言〈七里香〉歌詞受她影響極深。方文山雖已設法將愛情的多種滋味化虛為實，具備了詩的條件；又認為寫詞像寫電影腳本，但在意象的安排上較顯透白，因此提供給讀者玩味求索的詩味也較不足。

　　其實歌詞不完全是詩，因為常須遷就歌曲節奏，在形式上受到較大的限制，同一句型的歌詞反覆迭邐，不如新詩的句式自由多變。而且可能基於流行歌曲「普遍流行」的目的，為押韻而押韻，以及內容失之於露骨❸；創作流行歌詞和創作新詩的方向和要求是各不相同的。

（四）新詩詩譜寫成歌的重要專輯

專輯名稱	出版項	說　明
《因雨成歌：楊弦歌集 1975～1998》	2008 年 10 月滾石發行	三張 CD 中復刻了 《中國現代民歌集》、《西出陽關》，另加新作《歲月》。其中收錄譜寫成歌的新詩詩目如下： 1. 《中國現代民歌集》：余光中詩集 《蓮的聯想》中的〈迴旋曲〉，與《白玉苦瓜》中的〈民歌手〉、〈白霏霏〉、〈江湖上〉、〈小小天問〉、〈搖搖民謠〉、〈民歌〉、〈鄉愁〉〈鄉愁四韻〉。 2. 《西出陽關》：羅青〈生日歌〉、洛夫〈向海洋〉、余光中〈西出陽關〉，和楊牧〈你的心情〉、〈帶你回花蓮〉。 3. 《歲月》：為賀余光中八十大壽，楊弦將詩人的〈車過枋寮〉、〈隔水觀音〉譜成歌曲。
《甜蜜的負荷：吳晟詩‧歌》	2008 年 4 月風和日麗唱片行發行	收錄多位不同世代音樂創作者譜曲並演唱的吳晟詩作。計有〈吾鄉印象〉（羅大佑）、〈晒穀場〉（林生祥）、〈全心全意愛你〉（吳志寧）、〈息燈後〉（胡德夫）、〈我不和你談論〉（張懸）、〈秋日〉（陳珊妮）、〈雨季〉（濁水溪公社）、〈沿海一公里〉（黃小楨）、〈階〉（黃玠）及〈負荷〉（吳志寧）十首歌曲。除了〈秋日〉外，其他九首都是改編原詩之作。

❸羅安琪：〈高中新詩教材鑑賞——席慕蓉一棵開花的樹〉，《建中學報》12 期，頁 94。

《測量·擁抱或撫摸——2007第八屆臺北詩歌節歌詩專輯》	2007 年臺北市政府文化局出版	收錄十二首具代表性的詩歌音樂作品,八位來自臺北、北京、香港的音樂人／詩人,將詩作譜為刻骨銘心的旋律。其中王榆鈞的〈夏宇／擁抱〉,為 2006 臺北詩歌大賽首獎作品。
夏宇《愈混樂隊》	2002/2005 年臺北市政府文化局部分贊助2002 年 9 月初版陳柔錚出品(http://www.roujeng.com)	《愈混樂隊》是前衛詩人夏宇首度將詩與詞相融,並以聲音演出 (Read) 的音樂概念專輯。也是她第一次與職業／業餘的音樂創作者合作的錄音作品。雙 CD 共有四部分,二十四首曲目。融合 rock、heavy metal、舞曲、劇場音樂等多元曲風及編排。劇場式的起承轉合,層次豐富,引導著聆聽時的情緒變化。例如第五首〈進入黑暗的心〉,由六滴水滴聲揭開序幕,引出主旋律後,導入人聲緩緩吟唱、哼誦三行詩作。在二分五十三秒的曲子中,水滴聲持續落下,間或伴隨著潮汐、樂聲,暈染了詩的意境。

二、詩與廣告文案

　　有人說:「廣告是二十一世紀的詩,詩人不死,只是逐漸變成廣告人。」而根據葉泓源《臺灣廣告文學研究》統計,新世代廣告表現手法多元,運用的文類不止一端。在使用現代文學的頻率上,平面廣告中以散文居首,新詩次之;而在電子廣告的運用上,則是戲劇的天下,其次是一些運用、轉化「詩意」為畫面的廣告呈現。❹

　　所謂的「廣告文案」,正是「為產品而製造出打動消費者內心的文字」❺。現在的廣告,除了販賣商品,其實更像是透過商品販賣一種「生活態度」。以異國情調來包裝咖啡,用自由的概念包裝休旅車,用愛情包裝鑽石……,欣賞廣告也成了樂趣之一。

---

❹葉泓源:《臺灣廣告文學研究》(臺北:銘傳大學應用語文研究所碩論,2005),頁 187。

❺葉泓源:《臺灣廣告文學研究》,頁 1。

請練習創作歌詞，主題自訂，創作一首富詩意的歌詞。若有興趣，也可譜曲傳唱。（請自由發揮。下為範例）

在一起

詞：㊍甘迪　曲：甘迪
　　㊉何佳樺　　游心筠

```
0    0    0 5  5 5  |  3 3♭ 3 3♭ 3 3♭ 3 4  |  4 2   0   0 5  5 5
①        You said you    wanna travel around the world with me.    We  will go
② La...
```

```
2 2♭ 2 2♭ 2 3  4 5  |  5 3   0   0 5  5 5  |  3 3♭ 3 3♭ 3 3♭ 3 4
to a place where nobody can      be.        The  sky is blue,  the grass is green,and the sun's
```

```
4   6 1   0 5  5 5  |  2 2  2 2  2 7  7 1  |  1    0    0    0
shinny.  It   only      belongs  to   you and  me.                              (tine)
```

```
0    1   1 5  5 4  |  4   5   7 7  7 1  |  0    7   3 7  7 1
      享 受 有  你       存  在 的  空 氣       擁   抱 與  你
```

```
1   —    7 1  7 5  |  6   4   4 3  1 2  |  2 5  5 5  5 6  7 5
      製造 的回      憶  如  煙火  般燦      爛 絢  麗 因  為 有 了
```

```
6   4 4  4 3  4 5  |  5 — — —  |  3 — 5 —  |  1   3   5   3 2
你  生命 更有  意義              雨  後        的  天   空  和 你
```

```
1   1 5   3   —  |  4 3  4 1   2   —  |  3   —   5   —
     看 見   陽      光 的溫   暖           有       你
```

```
1   7 3   5   3 2  |  1   1 5   3   —  |  4 3  4 1   5   —
在  我 左  右 再多     困   難        我      都 能  夠 度 過
```

2010 年《聯合報・副刊》還舉辦了「文學遊藝場第 7 彈」文案詩歌徵稿，請讀者選擇一個具體的日常生活物件為「商品」，為它寫一首「詩」當作「廣告詞」。每篇「廣告文案」行數限制為三行內。舉凡登山鞋、收納盒、除溼機、拆信刀、暖暖包、《辭海》、旅行箱、枕頭、牙膏、迴紋針、舊機換新機特惠專案均有人發揮想像，創作廣告詩。

（一）廣告・詩語言的新品種（以下所舉，皆為詩化的廣告詞）

打開電視，流瀉出這樣的旁白：

　　　　所有人／都能用自己的翅膀飛行

這是白色司迪麥口香糖的廣告；原來只要嚼著白色司迪麥口香糖，心情即可自由暢快如同展翅飛翔。

　　　　有一種關係／可以穿越兩個世紀／微笑地和人們的青春／天荒地老

賣的是 Volkswagen New Beetle 汽車。搭配不同年代乘坐 Volkswagen New Beetle 汽車的家庭畫面，廣告短篇文案呈現感性的告白。

DM、型錄、活動廣告有下列的語言。誠品商場拍賣型錄說：

　　　　最好的時光／裝幀在以愛為名的種種癡心眷戀中

翻閱報紙，廣告欄印著斗大的人壽徵人廣告：

　　　　有一座高山／等待著麥可喬丹的身手／和你澎湃的鬥志
　　　　有一片天空／等待著比爾蓋茲的視野／和你無盡的嚮往

雜誌上金馬獎國際影展廣告說：

我們入戲／然後穿越膠捲以外／故事正上演

街頭蒐集到的電影酷卡《放牛班的春天》寫著：

愛，點亮他們的生命，讓他們的世界，有音符，也有藍天！

廣告是濃縮的藝術，而廣告語言是精煉的語言，近年來，廣告內文的新詩創作，及廣告標題的詩化傾向，正是大眾傳媒向文學借鏡的最佳例證。

有人說詩永遠是無法估量的，隱身於所有題材，是世界的突然擴張，閱讀廣告文案可發現，現代應用文也浸染了詩意。詩化的廣告文案，正是生活文學化／文學生活化的應用寫作。

（二）浸染了詩意的長篇廣告內文（以下所舉，皆為詩化的廣告詞）

1.「左岸奶茶」曾在臺北捷運西門站立有燈箱廣告

為了讚美雲雀，離開英國
詩，全寫在他臉上了
他遇到了西風
於是，推開門的姿態也充滿詩意
西風便緊跟著他走
奶茶，的確適合他這種短暫停留的人
他說，冬天來了！西風呵！春天還會遠嗎？
他像一首很快就唸完的詩，追著春天走了
1822 年之前吹向他的風成為〈西風頌〉，從此，也吹向我們……
他是雪萊，我們都是旅人，相遇在左岸咖啡館

「左岸」系列的茶飲及咖啡，在九〇年代末期開風氣之先，以廣告承載了詩情。

畫線的部分，化用的是英國詩人雪萊的作品，與沒有畫底線處，其實可以各成一首詩。廣告營造出一種氛圍，透著股輕柔、朦朧的情緒與哀愁，好像正和孤獨、期待春天的詩人，作心靈感應一般；再與旅行、時代感、巴黎左岸聚合，似乎是此一品牌才喝得到的口味，咖啡不只是咖啡，以詩意的感覺呈現其獨特價值。

2.《誠品閱讀》雜誌形象廣告

> 海明威閱讀海，
> 發現生命是一條要花一輩子才會上鉤的魚。
> 梵谷閱讀麥田，發現藝術躲在太陽的背後乘涼。
> 佛洛伊德閱讀夢，發現一條直達潛意識的秘密通道。
> 羅丹閱讀人體，發現哥倫布沒有發現的美麗海岸線。
> 卡謬閱讀卡夫卡，發現真理已經被講完一半。
> 在書與非書之間，我們歡迎各種可能的閱讀者。
> 閱讀一個具象，發現一個抽象。

誠品書店是臺北的文化地標，相關文案濃縮出另一種版本的企業史。如同南方朔曾言，一系列的誠品廣告擅長「詩與非詩之間的實驗、拼剪，無關係聯想的營造，以各種斷想的接枝與交配」，彰顯出新意。

3.〈音樂車速發表〉──一場汽車廠商贊助音樂會的文案

> 以慢板步調緩踱在德弗札克寧靜的森林裡
> 以快板身影奔馳在幾近完美的音樂極速中
> 輕細的樂章涉過沒有噪音煩心的溪水
> 強烈的節奏暢行不擁塞的無盡曠野
> 這是一條用音符裝滿無限風景的大道

一條被歡愉的情緒感染溫暖的路
在一人獨居的夜晚
請以七十分貝的精神，整夜不睡
感受全場域的精湛腹語術
或是送給善戰的情人
要求一夜和平

南方朔在〈當文案變成一種文學〉中說「廣告已非說服，而是一種暈染」，「在具體的週邊浮繞，以想像勾勒實體，用朦朧挑動本質」。這則廣告將汽車、速度、樂章與作曲家拼貼聯結，將看似完全不相干的元素，推衍出「汽車廠商贊助音樂會」的主題。

4.〈歌劇院〉──廣告影片中的文案

大海不會陷入情網
石頭不會感嘆哀傷
火燄不懂熱情為何物
樹木不懂得孤單
動物從不後悔
花朵不懂鑑賞美麗
只有歌劇
令你無法不動容

2001 年西班牙巴塞隆那歌劇院的電視廣告，在世界廣告大賽中得獎。以澎湃的海水，磊磊圓石，熊熊火光，山間孤樹，奔跑蜥蜴，搖曳紅花的影像，搭配充滿意象的詩化廣告文案，最後搭配婉轉悠揚的女高音歌聲，打出字幕：「只有歌劇，令你無法不動容──巴塞隆那歌劇院」，頗為別出心裁。

（三）小結

在這個誰也別想說服誰的年代，有些廣告文案不做明言訴求，反而向詩看齊，運用雷同的創意、修辭及表現技巧，廣告中有詩的意象、張力、主題，及思維的跳接，兩者產生混血與越界。詩化的廣告文案展現出的不同風韻，在商業社會中給予人們另類的寄託與慰藉。

延伸閱讀：李欣頻，《廣告副作用》（臺北縣：晶冠，2004）

李欣頻曾是誠品書店的特約文案，高中時開始創作詩，一路讀到政大廣告系博士班。發現詩創作也可以跟廣告互涉，寫出許多精采的誠品語言。

1998 年完成《誠品副作用》一書，引起矚目，她也因此轉型成為專職作家。2004 年將《誠品副作用》、《繼續字戀》兩本重要廣告文案作品增訂為《廣告副作用》。

《廣告副作用》中的文案，事實上都是廣告文學化的典型例證，「每一篇都是一首美麗的散文詩」，「像是讓文字穿高跟鞋，亭亭玉立，到處展示魅力。」❻李欣頻「文字比武」式的展現，「表演」、「遊戲」和「變裝」的手法，隱藏了風格的趣味。

三、詩與數位

（一）何謂數位詩

整合文字、圖形、動畫、聲音，利用網路或電腦特有的媒介特質創作的數位化作品，以完全不同於平面媒體印刷的型態呈現，稱為數位詩，有人認為它屬於實驗／先鋒藝術，而非傳統／大眾／流行藝術。在當代文學裡也稱作「超文本文學」(hypertext literature)。

---

❻李欣頻：《廣告副作用》，頁 19。

思考活動
連連看

猜猜下列左側的廣告，是對應右側何項？

幸福到每一站都會下車　　　　·　　　　·　　　（飲冰室茶集）
用詩和春光佐茶　　　　　　　·　　　　·　　（時間廊鐵達時錶）
不在乎天長地久，只在乎曾經擁有 ·　　　　·　　　（徵婚啟事）
讓你的愛在人間停不下來　　　·　　　　·　　　（器官捐贈）

思考活動
出賣詩情畫意

請為任何一種飲料設計「浸染了詩意的廣告內文」，文長以 100 字為限。

【廣告主題】：＿＿＿＿＿＿＿＿＿

【文案】：

　　簡而言之。數位詩是利用電腦繪圖、動畫甚至 3D 技術創作表現新詩，與讀者的互動性極強。

　　數位詩與傳統詩的不同：

- ◆ 不是把詩放在網路上就是數位詩，創作須以電腦為媒材，並掌握其特質。
- ◆ 數位詩沒有版面限制，句子可無限延伸，與傳統詩集以印刷方式出版不同。
- ◆ 數位詩是整合文字、圖形、動畫、聲音製造多重視聽效果的「多媒體」文本。
- ◆ 閱讀數位詩的讀者可一同「互動」參與，「再創作」一首詩。
- ◆ 網路的「多向文本」特性，造成讀者思維方式改變，沒有中心權威的結局，或許連閱讀經驗的同一都不可得。

（二）數位詩的類型

1.新具體詩

　　古代就有具體詩了，如回文、各種寶塔詩等。數位時代更把語言跟圖像作整合。如：大蒙〈新具象詩組〉。（見「2002 臺北詩歌節：新詩電電看」：http://dcc.ndhu.edu.tw/poem/tpoem/011.htm）

2.多向詩

　　多向詩基礎是從多向文本來的。多重結局、多重發展方向、多重組合，所以整首詩排列組合起來，會變成很多不同的文本。例如：須文蔚〈在子虛山前哭泣〉，即是典型的多向文本的詩創作。從一首討論泉水的詩開始，須文蔚在每一首詩後面提供幾個不同的選項，每個讀者都可以自由選擇去路，每個去路都有不同的結局。讀者在詩的迷宮中，雖然無法即時辨識自己的方位，卻可以獲得一種新的閱讀體驗❼。（詩作目錄見「2003 臺北詩歌節：電紙詩歌」：http://dcc.ndhu.edu.tw/poem/2003/works.html）

❼參見〈跨界詩變種繁衍的感知意象〉（http://www.etat.com/news/etatnews/980807-2.htm）。

3.互動詩

可用電腦程式語言編寫一首互動詩,使讀者無法在一開始預見詩的「本文」,而是填完十個問題之後,一首讀者與程式寫作者共同完成的詩才完整呈現。如:須文蔚〈追夢人〉。(見「2002 臺北詩歌節:新詩電電看」:http://dcc.ndhu.edu.tw/poem/tpoem/011.htm)

4.多媒體詩

以多媒體製作的軟體與素材,如 PowerPoint、Flash 動畫等創作數位詩。臺灣以 Flash 創作多媒體詩成就最豐富者,莫過於以「米羅・卡索」為筆名的蘇紹連,而以「杜斯・戈爾」為筆名的白靈,亦有相關作品。

(三)數位詩何處尋

詩人須文蔚曾著有《臺灣數位文學論》(臺北:二魚文化,2003),亦為 2002、2003 年臺北詩歌節的策展人,策劃出「新詩電電看」、「電紙詩歌」等集合各種數位詩創作的詩歌節活動,可參看相關網頁。其他數位詩的網頁也所在多有:

　　1.蘇紹連「Flash 超文學」:http://home.educities.edu.tw/poem/

　　2.蘇紹連「21 世紀網路詩新曙光」:http://residence.educities.edu.tw/purism/aa01.htm

　　3.須文蔚「觸電新詩網」:http://dcc.ndhu.edu.tw/poem/index01.htm

　　4.白靈「詩的聲光」:http://www.ntut.edu.tw/~thchuang/s/index.htm

　　5.白靈「象天堂」:http://www.ntut.edu.tw/~thchuang/e/index.htm

　　6.李順興「歧路花園」:http://benz.nchu.edu.tw/~garden/garden.htm

　　7.代橘 "Elea":http://www.elea.idv.tw/poems.htm

或其他詩人個人網站,可由下列網站進入:

　　8.「詩路」:http://dcc.ndhu.edu.tw/poemblog/

　　9.臺灣詩人網路部落格聯盟:http://blog.yam.com/taiwan_poem/

四、詩與影像：從攝影、通俗劇到影像詩

（一）詩與攝影：靈魂的歌聲

> 一行詩，把影像點燃
> 一張照片，讓文字溶化
> 一個靈魂，穿越攝影與詩的圍牆
> 迎向世界

　　這是「2006臺北詩歌節」時，舉辦「世界的形象·靈魂的歌聲——攝影與詩」徵件活動的文案。詩與攝影各自使用不同的媒材，但文字與平面影像結合，可激盪出存在的閱讀和思考空間。

　　攝影有時是詩作具體意象的再呈現。詩本身善於藉用外在形象表達意念，詩的特色，如意象、衝突、對比，主題與言外之意，亦可透過靜態攝影表達。如下頁中山女高尤稚儀的〈自由〉。

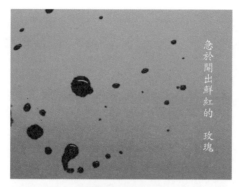

急於開出鮮紅的　玫瑰

忙於揚起　逆風的　帆

或許只是

變相地

綑綁

〈自由〉──中山女高尤稚儀

以下介紹近年來結合詩作與攝影的作品：

攝影詩出版品	內　容
《鳥語花香：野鳥田園詩》 作　者：席慕蓉詩；陳永福攝影 出版社：人人 出版日期：1999 年 06 月 01 日	集合各種不同的常見野／留鳥、罕見野鳥等留影，並非圖鑑式的拍法，而是一種情感的抒發。美麗的野鳥與席慕蓉的詩作相得益彰。
《玉山詩集》 作　者：路寒袖編 出版社：晨星 出版日期：2002 年 05 月 30 日	收錄四十首以玉山為主題的新詩與傳統詩。其中二十位詩人，藉由對玉山的孺慕之情，搭配攝影作品，傳達人文情懷。
《無名天地》（山篇、木石篇、水篇、花鳥篇共四冊） 作　者：安世中等攝影；蔣勳詩文 出版社：內政部營建署 出版日期：2007 年 09 月 01 日	以作家歌詠太魯閣之美的詩文，搭配精采的攝影作品，呈現山、水、木石與花鳥的多樣面貌。
《忘了，曾經去流浪》 作　者：路寒袖詩／攝影 出版社：遠景 出版日期：2008 年 04 月 01 日	收錄路寒袖行旅於荷蘭、德國、瑞典和丹麥等歐洲四國的攝影作品二百五十幅，其中一百一十幅更配上作者最擅長的抒情短詩，讓照片與詩文相互輝映。
《何時，愛戀到天涯》 作者：路寒袖詩／攝影 出版社：遠景 出版日期：2009 年 02 月 02 日	副標為「義大利・行旅・攝影・情詩」。作者造訪了義大利多座城市，並挑戰以愛情為單一主題的高難度書寫，為圖配詩，創作一百二十首短詩。以飽滿多變的形式，纖細婉約的深情，寫出了愛的甜美與淒迷，道盡了情的纏綿與堅決，和充滿無限想像的寄託。

（二）詩與戲劇影像

1994 義大利電影《郵差》，描述流亡海外的智利詩人聶魯達 (Pablo Neruda, 1904～1973)，與每日送信給他的平凡郵差，兩人深刻感人的友誼故事。《郵差》用電影的藝術、詩歌的美學，在觀眾心裡悄悄地埋下了讀詩的種子。

而公視連續劇《人間四月天》，描述徐志摩在匆匆三十六載人生所經歷的三段感情。他交錯於元配張幼儀、才女林徽音、第二任妻子陸小曼的生命間，並且改變了各自的命運。劇中安排主角徐志摩吟誦〈我不知道風是在哪一個方向吹〉，交錯畫面帶出了動人的劇情：

思考活動
0 與 1 的詩世界

　　請結合圖像或數位媒材，創作一首數位詩。（請自由發揮）

思考便利貼

1. 可以用電腦的特殊效果來呈現新詩的可能影像。
2. 詩可以像一部短片的旁白，一句句地跟著電腦動畫動畫的景象而變。
3. 可以用電腦程式語言編寫一首互動詩，讓讀者在填完十個問題之後，才看見一首完整的詩。

思考活動
快門下的詩

　　請為自己創作的小詩，搭配合適的攝影畫面，呈現詩意。（請自由發揮）

思考便利貼

1. 請先創作一首小詩，或找出一首自己過去的詩作品。
2. 利用數位相機拍攝，或是上網搜尋合適照片，將照片與自己的詩作結合在一起。

我不知道風
是在哪一個方向吹——
我是在夢中，
在夢的輕波裡依洄。

我不知道風
是在哪一個方向吹——
我是在夢中，
她的溫存，我的迷醉。

我不知道風
是在哪一個方向吹——
我是在夢中，
甜美是夢裡的光輝。

我不知道風
是在哪一個方向吹——
我是在夢中，
她的負心，我的傷悲。

我不知道風
是在哪一個方向吹——
我是在夢中，
在夢的悲哀裡心碎！

我不知道風
是在哪一個方向吹——
我是在夢中，
黯淡是夢裡的光輝。

1926 年，各自離婚的徐志摩、陸小曼兩人共結連理。但陸小曼生活隨興、快活度日，不善理財，致使家庭開銷入不敷出，徐志摩需南北奔波到處兼課。且因小曼胃病依賴鴉片，又與翁瑞午產生曖昧關係，令志摩難堪不已。

胡適不忍見徐志摩如此痛苦，勸其與陸小曼離婚；徐志摩卻說，小曼是為了他跟丈夫離婚的，如今若再離婚，她就徹底毀了。刊於 1928 年《新月》創刊號的〈我不知道風是在哪一個方向吹〉，就是寫於此時。

全詩重複「我不知道風／是在哪一個方向吹」、「我是在夢中」等句，呈現一種失意迷惘的感受。「她的溫存，我的迷醉」對比「她的負心，我的傷悲」，點出感情受挫的原因。

而劇中安排男主角以旁白朗誦此詩時，畫面首先出現陸小曼、翁瑞午吞雲吐

霧沉迷鴉片，枕於煙榻，交錯剪接徐志摩日間在大學授課，搭乘晚班火車，疲累瞌睡，並於寒夜乘坐人力車返家，見到陸、翁兩人沉睡鴉片床，無奈容忍，以影像呼應詩中「她的負心，我的傷悲」，夢想破滅，「在夢的悲哀裡心碎」的氛圍。

（三）影像詩

1.影像詩 (poetry in motion) 是什麼？

影像詩，一個跨領域交雜，未知的烏托邦。
影像 × 聲音 × 文字，三度空間對位，
在現實與超現實之間，一次屬於詩歌的影像實驗。

在詩歌與影像接壤的邊界，將詩改編成電影，
現在就拿起攝影機，用鏡頭寫詩吧！

影像與詩的狂想烏托邦
——臺北詩歌節「影像詩」徵選文案

　　詩人鴻鴻在〈因為誤讀而相逢〉一文中曾為「影像詩」下了一個定義，就是：「將詩拍成影像的作品。不管原詩在影片中，是以文字或聲音、完整或片段地呈現……就是根據詩改編的電影。」[8] 而詩人須文蔚則認為影像詩是「用攝影機寫詩」，用「類比的影像」加上「數位的編輯」。它和數位詩均屬於廣義的「文學動畫」[9]。

　　歐美詩壇頗有影像詩創作的傳統，德國柏林詩歌節每兩年頒發一次「斑馬影像詩 (poetry film) 獎」。美國詩歌協會每兩年辦理一次「影像詩 (poetry in motion) 徵選」。每年臺北詩歌節中的「番紅花影展」，常會推出各國的影像詩作

[8]鴻鴻：〈因為誤讀而相逢——我讀《2007 影像詩》〉，原載《自由時報・副刊》2007.6.28。
[9]須文蔚演講：〈簡報、動畫和電玩腳本與教學資料的整合〉，2010.7.5 於北一女。

品，如：2006 法國庫力博夫精選、2007《英國影像詩短片集》、《影像詩 2007》均是。2007 年起，臺北亦舉行了「臺北詩歌節影像詩 (poetry in motion) 大賽」。

2.影像詩的創作原則 ❿

⑴影像詩作品多半精簡，但一語中的

影像詩是深具挑戰性的創作領域，因為由一兩分鐘到十幾分鐘的短片，在極短的時間內，以視覺詮釋挑戰詩人的抽象文字，並嘗試創造與詩篇相應的印象及節奏，使人在影像中看見詩篇裡的幻象，進而別有詮釋。

⑵影像詩不是原作的逐句圖解

本屬抽象語言的詩篇，與具體且具視覺衝擊的影像結合，不是逐句的影片呈現，宜另有豐富的對應與開發。所以「影像詩不是將古典翻譯成白話般簡易。須放棄表面描摹，進而做內心的探險」 ⓫ 。

⑶影像詩是一種跨界，詩意的延展，來自不同的影像詮釋

如導演吳米森《後樂園》以完全重寫的字幕誤譯影像中的日語，讓影像、聲音、文字形成三度空間的有趣呼應。甚至 2004 年斑馬影像詩首獎的主題〈給煩擾的家庭主婦一首心靈漫遊的詩〉，「賦予詩一個明確的現實背景，用影像和獨白的詩句對話、反詰、遊戲」 ⓬ 。

3.影像詩舉隅

2007 年「臺北詩歌節影像詩」大賽，余雅湞將夏宇的《腹語術》的詩作〈在陣雨之間〉拍攝成影像，獲選為佳作。

影片一開始，強調的詩文是「我正」「通過」，以橫向的鏡頭，展現人在跳躍的視覺衝擊，與沉入游泳池的靜態作對比。單獨的泳者相對於廣大封閉的泳池，呈現「孤獨」的意涵。其後打出「孤獨」、「曠野」二字，鏡頭由「水池」延伸至「天空」、「野外」、「海洋」、「雲影」。而詩句搭配畫面出現斑馬線及車輪、

---

❿三項原則參見鴻鴻：〈因為誤讀而相逢——我讀《2007 影像詩》〉。

⓫鴻鴻：〈因為誤讀而相逢——我讀《2007 影像詩》〉。

⓬鴻鴻：〈因為誤讀而相逢——我讀《2007 影像詩》〉。

甚而在隧道內往外行駛的車輛，將內外空間的孤獨感做一演繹。

　　詩人鴻鴻曾接受位於花蓮的國立東華大學數位文化中心邀請，以實驗性手法說故事，將自己的詩作〈花蓮讚美詩〉拍攝為影像詩。在無線上網的時代，這樣的影像作品 (http://www.im.tv/vlog/personal/3295708/6386690) 甚至可以在手機上觀看。

> 感謝上帝賜予我們不配享有的事物：
> 花蓮的山。夏天傍晚七點的藍。
> 深沉的睡眠。時速 100 公里急轉
> 所見傾斜的海面。愛
> 與罪。祂的不義。
> 你的美。

六行的〈花蓮讚美詩〉極其輕巧，以「感謝上帝賜予我們不配享有的事物」作為全詩的主軸，讚美了花蓮，又似乎意有所指地譴責了人們的作為。花蓮有著有好山、好水、好空氣，美麗高聳的山巒，將她隔絕塵世之外。詩中「夏天傍晚七點的藍」，呈現漫漫夏日因空氣清新而映照的晴空。而「深沉的睡眠」暗示著靜居於此才享有的安寧，與身處都會的嘈雜不眠截然不同。「時速 100 公里急轉／所見傾斜的海面」，描摹從濱臨太平洋的蘇花公路懸崖邊，迂迴與高速下進入花蓮時所見的景致：海不曾傾斜，傾斜的是時速一百公里車裡的人的視野。讚美詩以不同的人稱指涉上帝（祂）、大地（你）與人類（我們），結尾帶出根植於人性中的愛與罪，神性的不義，與屬於你一自然的美，誦讚了花蓮的美好與自己的嚮往！

　　而鴻鴻如何以影像詮釋〈花蓮讚美詩〉呢？沒有表演、沒有特效，只以優美的歌聲襯底，將影像與聲音做一對比，搭配詩文字幕。花蓮是有中華紙漿廠或水泥廠的，當影像詩中潔淨的藍天飄過煙囪的排煙，文字中未曾明言的「不配享有」，在此更是意有所指了！

4.影像詩 DVD

出版品名稱	說　明
《影像詩 2003》 「公共電視紀錄觀點」出版 吳米森〈我在偷看你在不在偷看我在偷看你〉 朱賢哲〈弱囚〉 顏蘭權〈死亡的救贖〉 鴻　鴻〈現在詩進行式〉	文字的詩和影像的詩如何連結，如何對位與錯位?詩的影像如何限制想像，解放想像?四位導演各以獨特的風格、運用十三分鐘影像，與夏宇、曾淑美、林燿德、陳克華、許悔之、商禽等詩人的文本對話。
《影像詩 2007》 「公共電視紀錄觀點」出版 吳米森〈思念〉 曾文珍〈繼續跳舞〉 朱賢哲〈創世紀排練〉 侯季然〈購物車男孩〉 陳俊志〈沿海岸線徵友〉	五位備受國內外各大影展矚目的新銳導演，各自與夏宇、零雨、孫梓評、鯨向海等詩人合作，以十分鐘影像表達出詩句的意境，是一項深具實驗和挑戰性的跨界嘗試。本片亦曾在 2007年臺北電影節放映。
《臺北詩歌節影像詩 DVD》 「臺北市政府文化局 2008」出版	收錄 2007、2008「臺北詩歌節影像詩」大賽共二十部入選作品。文字×影像×聲音，發現詩的另一種可能。

五、詩與藝術

（一）新詩物件化、遊戲化案例

　　詩在新世紀出現了新玩法，如底片詩、火柴詩、詩 T 恤、詩的戳戳樂、詩迷宮、詩的大逃殺、記憶儲存盒、扭蛋詩等，均是物件化與遊戲化的活動。

　　這些現身於展覽、市集、人文商店的作品，引領詩走向「物境」、發揮了「奇用」。「詩」與「物」結合，超越在包裝飲料上印數行詩句的簡單思維，當「物」成了文字詩的載體，物體的外在形式也

成了不可或缺的詩的形式，負有另一種比喻象徵的新任務⓭。

我們看到：

◆在創意市集上出現捧著發票箱，吆喝路人捐贈隨身物作為「樂善好詩」的主題。

◆詩人夏夏通過轉蛋（或稱扭蛋）、印章、火柴盒等微型物件收納詩作，把詩化成了商品。

◆名為「記憶儲存盒」的「底片詩」，將詩句與圖像重疊，印製在材質、色澤、樣式幾可亂真的「仿底片」上頭，捲入四處蒐集來的真實空底片盒，如此一來便完成了一個巧妙的隱喻，一首首圖文交融的詩作，就像收納在底片中由相機拍下來的影像，每一次閱讀，便是進行一次記憶的沖印。

◆許赫〈靈魂的窗櫺佈置〉（詩面具）、大蒙〈迷走一生〉（詩迷宮）、阿健〈梯子就在那〉（詩梯子）、黃小偷〈藥罐子〉（詩 T 恤）、林煥彰〈詩貼畫〉、小強〈詩紙巾〉、紫鵑〈詩口罩〉、劉哲廷〈洞見一首詩〉（詩的戳戳樂）、阿讓〈信手拈來一片詩〉（詩的抽抽樂）、玩詩合作社集體創作的〈名片詩〉……樣式形貌千奇百怪，詩裝置、詩物件、詩行動、詩遊戲，都是稱呼它們的方式⓮。

甚至報紙副刊在 2009 年舉辦了「詩歌帶著水族箱去旅行」巡迴展，從臺北淡水一路展覽到香港油麻地。邀請十位作家、詩人為水族箱裡的虛擬城市「填詩」。此外〈聯合副刊〉「文學遊藝場」曾設計「臺灣詩路局車票詩大行動」，要大家假想：如果「臺灣詩路局」成立了，車票上會印什麼字？鼓勵讀者以一首詩串連不同的兩站；詩作以「□□站到□□站」為標題（不得超過九字），撰寫字數以二十字為上限，行數則在四行以內。另有「便利貼告白詩」徵稿活動，徵求適合寫在便利貼上的告白詩。

其他詩與藝術的相關資訊可參見下列部落格：

◆「玩詩合作社」部落格：http://blog.roodo.com/playpoem

◆「人見人愛轉蛋詩」部落格：http://blog.yam.com/poeticegg

◆「是夏夏」部落格／「刻骨銘詩打印店」：http://blog.yam.com/stamper

⓭取材自林德俊：〈詩的物境奇用〉，原載〈聯合副刊〉2006.03.21。

⓮以上參見林德俊：〈詩的物境奇用〉一文。

思考活動

我，化為一首詩

設計個人名片，寫一首詩介紹自己。（請自由發揮）

◆「引火自焚行動　火柴詩雙月刊」：http://blog.yam.com/matchpoetry
◆「〈聯副〉文學遊藝場」：http://blog.udn.com/lianfuplay

（二）詩與公共藝術

1.高雄「詩的迷宮」

　　高雄苓雅區五福一路「市民藝術大道」前的「風之舞廣場」，曾設有「詩的迷宮」。動線中置入得獎詩作，兩旁還矗立著「風之舞旗桿」，十座大型的藝術燈座，利用風動的原理，帶動旗桿中葉片旋轉，製造出來的五彩光影變幻令人目眩神迷。另外還有光影音樂盒：每座風之舞旗桿下皆設一感應器，經過時會產生光影及音樂的變化。

2.臺北「地下實驗・創意秀場」──地下鐵詩展

　　臺北捷運中山地下書街，於 2009 年 5 月 9 日至 6 月 15 日推出「遇見臺灣詩人一百」展覽，由國立臺灣文學館和臺北當代藝術館聯手策劃，以導演黃明川的「臺灣詩人一百影音計畫」為基礎。展場從臺北長安西路當代藝術館延伸到捷運地下街，長達二公里的「詩路」，不僅跨越藝術館和地下鐵的界線，也跨越文學、藝術與科技的界線❶❺。

　　「每一站的距離，都是一首詩的距離！」由臺北車站至中山站，再到雙連站的捷運地下街，地上貼了百位詩人的詩句，而兩人一組，五十張詩人頭像海報隨處可見。而當代藝術館亦邀請四組擅長互動科技裝置的國內外藝術家，以百位詩人的七百多首詩作、訪談紀錄片為題材，創作出五間數位互動展場。並將一間新詩專門書店，三項互動數位影像藝術裝置，介紹「臺灣詩人一百影音計畫」的各式燈箱，呈現在中山站地下書街，名為「地下實驗創意秀場」，在忙碌的地下鐵車站，為來往行人進行一場詩的心靈洗禮❶❻。

---

❶❺參見〈地下鐵詩展　話筒傳詩意〉，《聯合報》2009.5.10。
❶❻「臺北當代藝術館 _ 地下實驗・創意秀場 _ 遇見臺灣詩人一百 Poem100CF」請瀏覽 http://www.youtube.com 網頁，並輸入關鍵字：「遇見臺灣詩人一百 Poem100CF」。

3.荷蘭萊頓城的「詩牆」

　　1992 年起，「對比影像」(Tegen-Beeld) 基金會在荷蘭萊頓城 (Leiden) 推動「詩牆」(Gedichten op Muren) 計畫，把古今著名詩作，題在各建築物的牆面上。先透過熱心市民提供建築牆面，經評估、選詩、設計詩文表現的形式與顏色，再由藝術家將詩繪寫於牆面上，共有十餘種文字、數十首詩，以建築之牆為頁面，出現在移動者的眼前。一連串「巧遇」、「停留」、「閱讀」、「離去」，詩不再是一個已封存的敘事體，建築的存在也不限於當下的時空，讀詩的快感與體驗建築的快感被連結了。例如萊頓運河畔的建築壁面，題著日本松尾芭蕉的俳句：「荒海や、佐渡によこたふ、天の川」即使路人未必看得懂那首詩，但詩與建築依存的氛圍，卻可在感覺中發酵❼。

（三）詩歌節：文化交流與詩歌嘉年華

　　臺北市政府文化局自 2000 年開始，每年 10 月至 11 月間舉辦「臺北詩歌節」，前幾年的策展人為詩人須文蔚，「數位詩」（新詩電電看、電紙詩歌）成為那幾年的重心。

　　而詩人鴻鴻自 2004 年起成為「臺北詩歌節」的策展人，強調以詩為信使，深入接觸世界詩壇，呈現多元觀點，先後邀請歐、美、港、韓甚至古巴、巴斯克、車臣、以色列、巴勒斯坦等地的詩人與會交流。並著重詩與跨領域藝術的結合，舉凡音樂、戲劇、舞蹈、皮影戲、影像、魔術、創意市集均可與詩相遇。近幾年舉行的「臺北詩歌大賽」、「影像詩大賽」、「在你的手機裡藏一首詩」，都是新世紀將詩從詩刊、紙本中解放出來的新作法。2009 年以「詩是城市的行道樹」為主題，由詩人羅智成接棒策展，「臺北詩歌節」已屆十載，並成為華人世界首屈一指的詩歌節活動。

---

❼取材自黃恩宇：〈詩與建築在牆上的赤裸接觸〉，《臺灣詩學・吹鼓吹詩論壇三號》，2006.9，頁 15–18。

六、結語

　　本章想呈現詩與其他領域的「跨界交流」，從平面到立體，在生活中尋找親近詩、玩詩的各種可能。在新詩創作看似屬於小眾的年代，其實它已「變形」甚至「隱形」，不知不覺地滲透入你我的日常生活。從校園民歌到流行金曲，將新詩入樂，或運用詩的語言作詞，都曾為不同年代的流行樂壇帶來新風貌。檢視平面抑或影像廣告，都不乏運用、轉化「詩意」的佳作，某些廣告猶如另類的新詩。而整合文字、圖形、動畫的數位詩；結合攝影、通俗劇及影像的新詩實驗，一般人都可透過電腦、電視以及手機進行接觸。再加上與公共藝術、創意市集、詩歌節結合，新詩甚至出現在城市的建築、街道與地下鐵中，成為有無限可能的美麗藝術。

思考活動

詩的無限可能

　　有時候，創意來自於意外的組合，請試著將這幅畫結合兒童醫院開幕，寫一首宣傳詩。

（臺北市士東國小　簡偉娟繪）

【我的創作】

詩在生活中

　　生活中處處充滿詩化的語言，請你留心生活周遭的人、事、物（例如：對話、書報雜誌、招牌、廣告 DM、布告等），並把這些詩意語句記錄下來。

【我的創作】

課後練習

（　　）1.下列有關於影像詩的敘述，何者<u>不正確</u>？　(A)影像詩應依循原作逐句圖解　(B)影像詩是一種跨界，詩意的延展　(C)詩的長處在抽象，影像的特點在具體　(D)影像詩需在極短時間以視覺詮釋抽象語言。

（　　）2.下列有關廣告向新詩借鏡的敘述，何者<u>有誤</u>？　(A)在廣告中運用詩的意象、張力以及主題　(B)以詩意的感覺，呈現產品獨特的價值　(C)文案可不明言訴求，詩的想像會勾勒實體　(D)借鏡者僅限平面廣告文案，不含電視廣告。

（　　）3.下列有關於歌詞與新詩的比較，何者正確？　(A)在意象安排上，新詩比歌詞顯露明白　(B)歌詞句式自由多變，不如新詩反覆迭邐　(C)為了遷就歌曲節奏，歌詞在形式上受到較大的限制　(D)新詩改編的歌詞須分主副歌，旋律不可一致。

課間活動 & 課後練習答案解析

連連看

幸福到每一站都
會下車

用詩和春光佐茶

不在乎天長地久
只在乎曾經擁有

讓你的愛在人間
停不下來

（飲冰室茶集）

（時間廊鐵達
時錶）

（徵婚啟事）

（器官捐贈）

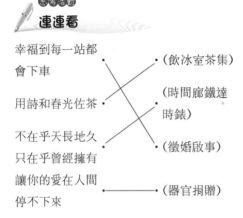

出賣詩情畫意

【參考範例】

衝破人生冰河，

流轉出甘甜華美，

冰水交融之後，茶香沁脾，

連帶著

冰峰的涼意，

一座沁涼入骨的小鎮圖，化名冰鎮。

清澈的紅色映照莊嚴的氣息，

就此

鎮住了心內的紛擾！

「冰鎮紅茶」（李明慈改寫）

詩的無限可能

【參考作品】

這裡沒有感冒細菌和鼻涕怪獸

流血的傷口很快變好

來過的小朋友都會變成健康快樂的海綿寶寶

跌倒不再痛痛

醫生超人準備好武器和寶物

陪你破關打怪衝鋒陷陣

身體不舒服的小朋友

請勇敢走進樂園和城堡

一起來挑戰！

詩在生活中

詩　句	發現地點
·松露生巧克力，一包想你的代價：200元 濃情布朗尼，情人的重量：約300g	手工點心專賣店
·用詩和春光佐茶	飲冰室茶集飲料廣告
·像春天的花香，是夏日的豔陽；忍不住想像，心滿意足的笑了。	許哲珮 《美好的》 音樂分享會網路廣告

課後練習

解答

1. A　　2. D　　3. B

解析

1.(A)影像詩無需逐字圖解。 2.(D)電視廣告的旁白及字幕亦可以有詩意。 3.(A)在意象安排上，歌詞較新詩顯露明白。(C)未必絕對要遷就歌曲節奏，在形式上受限。(D)新詩改編的歌詞並不一定要分主副歌，旋律不限。

不同的視野，不同的美學，同樣交疊著對台灣的深情
六十年台灣文學的縮影，
於一畝方塘中編織出七彩漸層的天空

台灣現代文選
向　陽
林黛嫚
蕭　蕭
編著

台灣現代文選
［小說卷］
林黛嫚
編著

台灣現代文選
［新詩卷］
向　陽
編著

台灣現代文選
［散文卷］
蕭　蕭
編著